香港、內蒙、新西蘭，

沿著路飛翔

安山◎著

博客思出版社

自序

　　我在香港土生土長，在香港唸書，長大，因工作關係穿梭於香港，內蒙古和新西蘭這三個地方，主要的工作地點是中國內蒙古的大草原，並住在一個小鎮裏。一年裏，大概有三個月在新西蘭和香港間來回，大概有九個月在內蒙古和香港間來回，每次大概在外逗留一個月，然後回香港一次。穿梭於這三個大不同的地方的生活帶來了點點的衝擊。這些思想的碰撞被記在自己的日記本，經過修飾，再編集成此書。

　　人生的道路上有所體悟，而又有能力的，應該做點東西。讀了二十多年書，接收了二十多年東西，也是時候「放」一些東西出來。記得在某一篇報道中看過這麼的一段說話：「……同時亦不要做一個貨倉，只儲存但不使用……」。出書寫點東西或是「放」點東西的其中一種方法。除此之外還可以做什麼？就讓時間去探究，有時順應著天命，有時稍稍作一些調整，感受著生活，互動，和生活玩遊戲……

　　在此書，我想以一個市民，一個受過大學教育，但卻不是什麼社會學家，經濟學家的身份去寫點東西。我對世情其實仍充滿著疑問，所以也希望藉著這機會去問問題。在表達的同時，也引發別人思考，或解答我的疑問。

　　此書每篇文章的結尾都記下了其寫作地方。希望從此看看自己會否在特定的地方，環境中偏向於那一類型的沉思。

二〇〇九年九月二日

目錄

AUCKLAND

HAMILTON

NORTH ISLAND

NEW ZEALAND

WELLINGTON

CHRISTCHURCH

SOUTH ISLAND

DUNEDIN

STEWART ISLAND

Chapter

穿梭於內蒙古，香港與新西蘭之間

內蒙古→香港→新西蘭，這可以
是一個發展程度的排序。

香港是我的家，我的基地。穿梭
三地使我在香港的時候欣賞到我平時
忽略了的東西，在其他地方的時候，
則補充了我在香港得不到的東西。

對比於內蒙古，我在香港享受着

在網絡上暢通無阻的自由；在內蒙古我有機會接觸到屬於第一產業的畜牧業。在香港這大城市，所有食物，日用品都垂手可得，根本不知道它們的由來。接觸到畜牧業就像一條脫離了根的鏈得以重新接駁起來，感覺頓時變得實在。對比於新西蘭這美麗的地方，我開始對香港只求經濟增長，高效率的發展模式進行反思；對比於新西蘭的寧靜，我想念香港的熱鬧，但也開始「聆聽」，享受香港（家住新界）偶爾出現的寧靜。

穿梭於這三個截然不同的地方，是比較，是衝擊，是反思。思想受到挑戰，然後作出微調，大調（有時會是痛苦的），但有時會更「堅定」自己的信念。

去不同的地方，開始繪畫著自己的世界地圖。這世界地圖已有初稿，然而它卻仍然有很多洞，需要歲月和經驗去填補。我只好背著這幅世界地圖到處遊走。

然而，我何時可以把這愈來愈少洞的世界圖派上用場？

在香港寫的文章

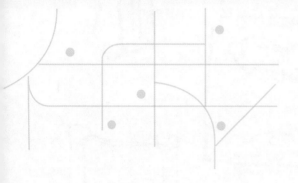

後加，這幾年在「知識」方面填洞的過程：

由香港自身的歷史作為起點，到中國的近代史，古代史，中東的歷史，西方的歷史；中國古代春秋戰國時期的思想，西方的希臘文化。

配以自身地球科學的背景：地球的歷史，宇宙的歷史，時間……這些都變成自己感興趣的題目（雖然其中的很多題目可能在初中的世界或中國歷史讀過，但都已忘記得一乾二淨）。也聽說過 Bill Gates 有份宣傳的大歷史 (Big History)。這也是一門 有趣的「學科」。

是腳步引領着自己對這個世界的好奇。

沒有夢想　只沿著路飛翔

感受著世界　改變著方向

作者 + 讀者所產生的化學反應

　　看書多了，和別人討論多了，有
時會覺得別人 bull shitting，漸漸也
發覺自己也好像在 bull shitting。對

於同一件事，不同的人確實可以你有你講，我有我講。然後就想：那我寫書有什麼作用呢？我寫了一大堆東西，讀者的反應可以有三：一是產生共鳴，他們可能會覺得你言之有物，但其實只是肯定他們固有的想法而已；二則是他們根本就不認同我的講法，我的東西就自然變成 bull shit。三是對我寫的東西，沒有喜歡不喜歡，就是沒甚感覺。

其實我相信人和書之間存在著緣份：在書店隨手拿起一本書，隨意翻到某一頁，然後就被那一頁的內容所吸引了；又或是有一天在書店突然看到曾幾何時某某提及過但又被遺忘了的一本書。

第四個可能性？有些讀者可能會從我寫的東西中有所啟發。噢！還好，這是我希望能做到的。不用每篇文章都使讀者有所啟發，十篇有一兩篇已很滿足了。或者閱讀的那一刻沒甚啟發，但經過時間沉澱，隨手拿來看看之際對一些篇章有所啟發。似終在不同的時間，因應一個人當時的心理狀況，閱歷的變化等，看待事情的角度都會有些不同。

還有什麼的可能性嗎？

在香港的想法，在香港寫的文章

公平？

　　一間跨國公司來到中國發展，聘請當地的工人，計算薪酬通常都會和當地生活水平掛勾，但在全球一體化下，相同的貨品會在世界各地發售。

我相信一部同型號的諾基亞手機，一
台同款的 iMac 在全球不同地方的價
格不會有很大的差別。那麼，在基本
生活得到滿足後，以購買奢侈品的角
度來看，薪酬以一個地方的生活水平
作標準是否存在着不公平之處？而奢
侈品也只是發達國家的玩意？

　　另外，一間公司的盈利，無論它
賺到多少錢，這和員工的薪酬是完全
沒有關係的？但也或許是我想多了。
因為沒有公司是會把自己的盈利和員
工的薪酬掛勾的？（刺激員工推銷公司
產品的花紅除外？）

內蒙古阿爾山之旅

第一天

　　年終，內蒙古野外工作結束，我想去一個當地的旅遊景點。在網上找資料，最後選擇了附近擁有火山地貌，天然溫泉，在冬季更可以滑雪的阿爾山。

　　這趟旅程一開始便不大順利。我買了第一程呼和浩特到白城的火車票，卻買不到第二程白城到阿爾山的火車票。但我也不考慮太多了，先上車然後見步行步。在火車上我更聽說阿爾山附近的景點因下雪的關係而停止開放了。

第二天

　　在火車上睡了一宵，起來的時候已經是十二時多了。這個旅程還是充滿未知之數。在這一刻不敢期望甚麼。

　　本來我是打算換票到總站烏蘭浩

特，然後再碰碰運氣看看能否買到到阿爾山的火車票，卻給我幸運地遇上一位同是去阿爾山的婆婆。她告訴我這時期在白城很容易買到往阿爾山的火車票，這樣我就和她結伴同行了。

第三天

　　按原定計劃，在零晨 4 時 59 分抵達阿爾山火車站，外面一片漆黑。可能是甚麼也看不見的原故，那出車站的感覺，純粹的感覺深深的印在我腦海裏：冷峰撲面，異常清新的空氣經過我的鼻腔，直達我的肺腑，腳下踏著的卻是異常滑溜的地面。回想起來真的很慶幸和那位婆婆同行，因為我連酒店也還沒有安排好。於是我就跟着婆婆到她下榻的溫泉療養院同住一宵。

　　早上醒來才是第一次親眼看到這個地方。外面下著雪，窗外是被雪覆蓋著的山林遠景。洗刷過後，穿起衣服往外走走，才赫然發現外面的地上鋪著厚厚的積雪。有的地方地面結著一層厚冰，怪不得昨天離開火車站的時候地是那麼滑的了。

　　上午泡了溫泉，應是因為冬季的關係，只有室內的溫泉開放，和我起初設想的室外露天溫泉存在著一點落差。但蠻可以肯定這些溫泉是真的（不是放熱水的），因為這一區是火山區，而且泉水帶有硫磺味。蠻有趣的是在這裡碰到一批俄羅斯人，聽說他們是這裡的常客。

　　下午出外逛逛，外面很美，周圍鋪著白雪。這是一個很細小，寧靜，平和的小鎮。對於能做的活動，可以說，我選擇了最不適合的時候：我不死心的要詢問出租車司機可不可以去火山羣的景點，結果是不可以，因為

上山的路全都封了。要明白這裡不是香港，一年四季，那裡都能去；而另一選擇是滑雪，聽說這裡有優質的雪場，連冬季運動的國家隊伍也會過來集訓，可是滑雪場還要多等十天，雪才夠厚供人滑雪。所以如果你想看風景，或是滑雪，這十天就是一年裡最不應該去的時段。

第四天

　　我也沒有記下自己做了什麼。哈哈！只是在下午買了火車票提前結束這旅程。之後的旅程也是不完全確定，因為我之前買了的是另外一天離開的兩張火車票。

第五天

　　睡了個晚上，第二天到達烏蘭浩特，也幸好趕得上當天到呼和浩特的火車，否則就要在烏蘭浩特待一個晚上。離開了阿爾山，其實我的心也歸家似箭了。

　　這五天，遊了個「火車河」。雖然我是在最不適合的時候到訪，但我

的腦海中是深深印著這被白雪覆蓋著的阿爾山，有時鼻子還隱約嗅到當時冰天雪地的氣味。

傲從哪裡來？

雙膊充滿力量……昂首……闊步……朝著入閘口的方向走去。為自己時常背著大背包進出機場，尤其進出香港這個「宏偉的」國際機場而自傲；為自己蠻好的工作待遇而自傲。

可以說是不幸，也可以說是幸運，我這工作現在出現了一些危機。不幸的是：我可能會失業。幸運的是，有機會失去這工作使我反思如果我丟了這工作，我仍然能引其他東西為傲嗎？我可以引我自己的思想（平常人或距離遠一點的人看不到的東西）為傲嗎？答案當然是可以，但又好像很難。

　　現實一點，不可否認，人有時需
要用一些物質，或外在的東西去證明
自己。工資，職級，名牌手袋。不明
白我？或許這就等於我也不太明白為
甚麼有些人要用名牌手袋來證明自己
的身份一樣。或許，只是我看破了名
牌手袋，但卻還沒有看破身份，看破
名利。看破的會覺得未看破的愚蠢嗎？
完全看破的看到未看破的也許只會嫣
然一笑？

在香港的想法，在新西蘭根據香港起
的草稿寫的文章

我很喜愛的一條行山路線

Tongariro Crossing @ 新西蘭。
這是一條當地很受歡迎的健行路線。
我特別選了一個是公眾假期的星期五
出發，連同週末，便有三天出門的時
間。選中的日子還剛好是我的生日。
開始的時候還擔心自己一個人去會有
點危險，但到了背包客旅舍很容易便
找到能結伴同行的人，其中還有一個
香港人（有趣的是我在幾年以後有時
會想起她，交流關於旅遊的想法）。

火山口。

翡翠湖。

第二天出發後更發覺自己的擔心是多餘的，因為行山的人就像一條山龍。說回這條山徑： 中度困難；是一個火山環境的流動教室——火山口，因礦物質而變得翠綠的翡翠湖，路上的火山渣，火山彈，火山塊，凝固了的熔岩流，還有一些冒煙的噴氣口（地熱活動）。Wowowo 這些，這些，不是在一本教科書，不是在一個主題公園，而是在一條行山徑中的景致。

完成了一天的旅程，挺累的，但感覺滿足。

我在香港出生，在香港居住。在這彈丸之地，即使家住在新界，也只是離市區一個多小時的車程。所以市區和郊區對於香港來說，並沒很大的分別。例如，小孩要上學，無論是要選新界或市區的學校，都仍然是在大概一小時車距的範圍內。但在新西蘭這已發展的國家，在有能力選擇下，

人們為何會選擇住在和城市或市區基本是完全隔絕的鄉郊？而他們的兒女在哪裡上學？在跟背包客旅舍的老闆 Thomas 傾談了一會後，我的疑問得到了些答案。Thomas 是一個喜歡鄉郊生活的人。他說他的孩子在鄉村中長大，學校和家的距離很近，他們閒來就跑步，滑雪，不會接觸壞的群黨。他的兒子是什麼跑步第幾，女兒是滑雪第幾，兒子曾代表過新西蘭跑步五次……這是他的選擇。他為我之前的疑問提供了一點答案。

突然想到中國。中國的城鎮化正在加速，在人口向城鎮轉移的同時，能否也保留著一些鄉村，建設它們，在這些地方提供教育，改善一些基本設施，留住一些喜歡鄉郊的人，甚至吸引一些城市人去鄉郊？

轉回行山這話題，+我在行 Tongariro Crossing 的時候看到一些人爬上旁邊一座很陡峭的火山，他們腳下應該都是碎石來的，人們都好像踏在沙漠上似的，上兩步，退一步。有見及此，而且當我抵達這火山的分支路口的時間已不早了，所以便放棄了爬上這座山的念頭。聽說上山的人多是在山上露營了一晚，然後很早就出發登山的。在完成這山徑回到旅舍後，有一個德國女生就是攀了這座火山。她還給我們看山上拍的照片：山頂越過雲層，四周除了她身處的山頂綠地外，就是整片白色的雲海。天堂？她還提及她之前攀過世界其他的大山。我對爬山真的是很感興趣，我不是要攀爬喜馬拉雅那類型的大山，只希望能到世界各地不同的山徑作徒步旅行罷了。

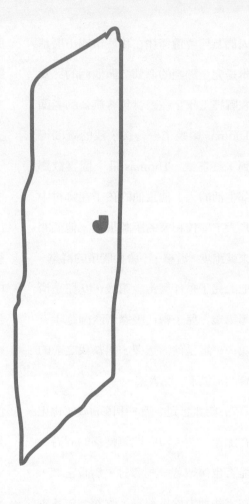

走出去，也是

　　走出去，會令人更想去認識自己？我的「走出去」只是經常離開香港和接觸香港以外的人而已，也並不是移民到國外或在國外留學。但就在這情況下，可能是因為別人時常問我並和我討論香港是個怎樣的地方，也可能是因為走出去後一點一點的發現別人和自己的差異，我開始對香港多了點好奇，想多點認識香港，尤其是她的歷史。我買了一些關於香港歷史，一些評論香港現況的書來看，也在近期第一次去了香港歷史博物館；走在街道上的時候，也會對香港周遭的物件，建築多瞄兩眼……

　　林一峰的一首歌，「離開是為了回來」。或許離開是為了認識自己。也或許離開不一定是有目的的，我意外的「離開」就為我帶來多一點認識自己，認識自己的地方的機會。

Sky Dive，思前想後

　　早上半睡半醒的狀態，腦袋想著是否去 sky dive 的事情，但思緒卻慢慢飄去「地球」的事情。記曰：

　　人其實沒有很「實際」的目標，我不是反對人們做一些對世界，別人有益的事，我只是認為人們有時也可能需要做一些「無謂」，看上去沒有實際意義的事……飄飄飄……

　　因為地球的未來（也可說是人類的未來，除非人類移民到其他星球），取個「無限」就是滅亡，或者只是人類先滅亡（地球已不再適合人類居住）。你認為現在談及的 可持續發展有用嗎？有，但卻不能改變人類/地球的終極命運，或許就只能把這終極命運延遲一點（雖然也是好的）。

　　作為一個地質師，從事的礦物勘探工作算是第一產業。有別於耕種，畜牧， 採礦說的是從地球身上拿東西

而不（太）歸還。選擇一個對比比較強烈的例子——金：我們要從幾百萬噸的岩石拿含量為百萬份之一的金，總之以含金 1ppm 的岩石為例，一噸石出產一克金。而金的用途有甚麼？
1）比較「荒謬」的是作裝飾，珠寶；
2）比較有實際用途的是應用於工業；
3）比較「有用」的是作為貨幣，交易工具，是一種財富。1）完全是一己之慾；2）算是真的有用；3）人類活動——經濟活動的結果（還要在很久以前已開始）。

　　又再「飄」去人的經濟活動。現在正值全球性的金融危機，各地的經濟都受到影響，中國要保八，香港要加快基建項目的進度，要創造多些小型工程的項目，美國推出 xx 億元的經濟拯救方案。也拿小小的香港為例，龐大的基建項目需要多少地球資源？我自己之前也提及過我家附近的籃球場（有三個籃球場）的膠地在不是很破舊的情況下被整塊剷起重鋪（但當時改善經濟的措施應該還沒有出爐）。地球的資源就是這樣被利用——用以提供人類的基本需要，進而用以滿足人類的物慾，再進而用以保八，保住我們的飯碗，包括我的飯碗……

　　巨輪不斷滾動，這已不是浪費不浪費的問題了，似乎是被迫不得不浪費。

　　可持續發展？或許這個話題只有加上一個時間的框框才能繼續探討。因為，又拿一個「無限」，有人類在，有發展，巨輪就要不斷向前，可持續發展根本不會奏效。它只能延長人類／地球的「壽命」，但卻不能令人類／地球逃過滅亡的命運，就如人生。是，人類的歷史，現在，未來就是由許許多多多的人生堆砌成的。

　　哈哈，離我的 sky dive 決定太遠矣！最終的決定？去否？220209

新西蘭南島十天遊記

第一天

　　我在三月份完成了案頭的工作後，多留在新西蘭十天。行程在出發之前已大概計劃好。頭三天是留在 Queenstown，其中第二天參加了從 Queenstown 出發到 Milford Sound 的旅行團。一抵達 Queenstown，在背包客旅舍放下行裝後立即往 sky dive 的門市詢問並觀察情況，簡單了解了點細節後便離開，並決定再給自己兩天的時間考慮一下是否在第三天玩 sky dive。之後隨便的進了肯得基吃點東西。吃著漢堡飽，薯條，心血來潮：「不要猶豫了」，立即便回到背包客旅舍，換了雙鞋，在日記寫下 "I love you。爸，媽，brother，grandma" 便出發去 skydiving 了。

　　還記得，skydiving 著地後，並不是感到非常的刺激。刺激的感覺竟然

驚嚇一刻。

在一天後才開始湧現，腦海中不斷重播 skydiving 的整個過程，是那剛從飛機上掉下來的一刻最「離心」： 心要掉下來的感覺，無重力下墜，掉下去就是沒底的，一直掉下去，但一瞬間小降傘便打開來了， 下降速度隨之減慢，可以對拍攝的鏡頭做做動作，直至大降傘打開，便完全是欣賞腳下景色的時間了： 美麗的 Queenstown，青草，小山丘，湖泊……

如畫般的 Queenstown。

Skydiving 之後，就在 Queens-town 閒逛，逛到了湖邊，應該是古時冰川冲刷而形成的湖泊。風景真的很美：大山一向是我的最愛，再配以平靜廣闊的湖面，給我幽靜，安逸，開闊……的感覺。我踏足過的地方不多，除了西藏以外，這是我所見過最美的地方了（然而，西藏的風景和這裡的風景帶有兩種截然不同的感覺，它們兩者之間其實是不可比較的）。時而坐在湖畔，靜靜地欣賞着這美景；時而坐近酒吧，「偷」聽一點音樂，依舊盯着這如畫的美景。

第二天

參加了當地旅行團遊覽 Milford Sound。Milford Sound 一年裏沒有多少日子是不下雨的。下雨的時候，因為水量增加，瀑布會變得更氣勢磅礴。可惜的是，我去 Milford Sound 當天剛巧是沒有下雨的日子，致使

它沒有想像中壯觀。但經過導遊的講解，也不能不讚嘆上帝的鬼斧神工。Milford 是一個峽灣 (fiord)。在冰河時期，冰川下切地層至比海平面還要低的位置。冰河時期過後，冰層溶解，冰川消失，之前被下切的地層被海水填充，形成峽灣。又因為高雨量的緣故，厚厚的一層淡水蓋在海水之上，使這裡的水底世界異常黑暗（光學原理），從而孕育着獨特的水底世界，生活着一些此地獨有的生物。

我時常都想有驚喜的感覺。在旅遊的時候也常常希望有所驚喜。但好像隨著年紀的增長，「受驚」的次數便愈少，自己對驚喜的期盼也愈難得到滿足。雖然驚喜難求，或許就轉個模式，以平常心去嘗試，去經歷。

第三天

礦區現已成為我出外旅遊時會找的景點了。這次是 Queestown 附近的 Arrowtown。它是個因金礦而發展的小鎮。

在採礦高峰期，有很多中國人在這裏工作。他們當時住在很簡陋的小屋，有的小屋就只是依著小小的山洞而建。他們通常來自廣東。原來當時被「賣豬仔」的中國人除了到美國舊金山，還有到澳洲，新西蘭的新金山。他們雖然是被邀請過去挖金的，但他們卻受盡歧視，在一幅漫畫中，內容大概是貪心的，有不良習慣的中國人「入侵」新西蘭。雖然作者對早期的中國移民表示了歉意，但我心裡卻感到有點不舒服。續想：

其實不同地方的發展步伐不一是正常不過的事，尤其是古時的資訊並不流通，沒有電話，互聯網，地方與地方之間的關係並不及現在的密切。

在這種情況下，各地方因環境，運氣，相鄰的競爭等種種的因素而有不同的發展。中國人或許還時常與西方人比較，而即使口說著西方人沒有什麼特別，但或多或少卻存在著西方人比較優越的潛意識（或許只是我個人的想法？）。這其實真的沒甚大不了，人種之間能力的不同是否緣於基因這基本的區別是不能確定的，但環境絕對是一個不小的因素。這些經歷過環境因素而發展至今，歷史留下來的問題，我們身於這一時空，在有意識的情況下或許都應該嘗試放下自己的身分，只要堅守著互相尊重的底線便可以了，不是嗎？

第四天

坐旅遊車從 Queenstown 到 Fox Glacier。突然發現地質除了影響一個地方的地貌外，它還影響一個地方的建築風格。原因是就地取材。一個

地方的建築物大多是由當地附近「盛產」的石材建成：Queenstown 的 Arrowtown 是用片岩；奧克蘭用的是玄武岩，安山岩；而香港用的則是花崗岩。

第五天

Fox Glacier，很美。柳暗花明又一「川」：冰川，它是一條隱藏在綠悠悠的山巒中的長冰舌，它是流動的冰，是大自然的雕塑家，它沖刷著路經的岩石，形成各種各樣的冰川地貌：冰斗，刃脊，角峰等。但在我的眼中，冰川最美地方還是其藍色的冰：一層壓一層，長年累月的積壓使冰晶體間的氣泡逐漸減少；當冰的密度變得很高的時候，它會吸收光譜的其他顏色並反射藍色……穿越冰川，感受到的就是大自然的力量，地球的活力。

第六天

坐旅遊車從 Fox Glacier 到 Greymouth，然後乘坐 TranzAlpine 火車 到 Arthur's Pass。

第七天

　　徒步 Avalanche Peak 的路線。路線的難度一般，只是通往山頂的一段比較險峻。到達山頂，坐了一會，時而大霧深鎖，時而清明透徹，山頂的人都抓緊清明的幾瞬間「咔嚓咔嚓」。回程的路上又看到幾個冰川冰斗。我真的蠻喜歡看冰川 !!!

第九天

　　等待 @Arthur's Pass 火車站。漫長的等待以前，在早上逛了附近的行山徑，也逛了當地的行山資訊中心，為這趟旅程的唯一旅伴「The Penguin History of New Zealand」增添二員：兩本關於新西蘭地質的書。不知不覺地，除了人文歷史外，我的旅遊還加

插了認識當地地質歷史一環。

　　在火車站等到發呆，和自己的影子玩遊戲。

　　乘火車到 Christcurch。

　　逛 Christchurch。很喜歡這城市的感覺，很寧靜，平和的感覺。雖然我沒有去過英國，但不知何故我覺得 Christchurch 就是很英倫。從火車站走到我住的背包客旅舍，經過滿是柳樹（？）的河畔，小橋流水。

第十天

　　多逛了 Christchurch 半天。城中心滿是當時歐洲人剛登陸後所建的建築物，還有藝術區，市場，博物館，英倫味甚濃的學校＋穿着英倫味甚濃校服的學生。在計劃行程的時候，因 Christchurch 只是個城市，我並沒有預留太多的時間給她。這是一個令我有少許遺憾的決定。雖然整趟旅程也真的沒甚麼再可以挑剔的

了，但如果真的再完美一點就是早一天離開 Arthur's Pass，多留一天在 Christchurch。但或許也因為沒有足夠的時間逛完 Christchurch，致使我對這個地方仍然有很多想像的空間。我稱之為旅遊的留白。

　　十天新西蘭之旅結束，總結一下這十天的旅程是一個近似環形的路線：從 Queenstown 到 Christchurch，環形的缺口在 Christchurch 至 Tekapo 至 Queenstown 一段（我聽說 Tekapo 很美，但因時間關係只能忍心放下這段路線）：刺激的 sky dive，風景優美的 Queenstown，Milford Sound，壯觀的 Fox Glacier，Avalanche Peak 健行，Christchurch 的城市遊。我只是花了十天的時間，想起在這趟旅程認識，花一年時間在新西蘭工作假期的香港人，他們的經歷也一定是多姿多采。

旅伴一

在行山資訊中心買的兩本地質書，除了介紹新西蘭的地質歷史外，還講述了地質學中一個很重要的理論的發展過程：板塊理論。我在大學當然讀過這理論，卻沒讀過它的發展過程。看了這本書才知道，原來這在現今地質學差不多被視作真理的板塊理論在開始被提及的時候是一個非常前衛的想法，幾乎是沒有人接受和相信的。經過多年跨學科的考證，現在才被廣泛地引用。這就是科學的精神了，想起胡適的"大膽假設"，之後當然是"小心求證"了。

旅伴二

The Penguin History of New Zealand。新西蘭，一個很新的國家。歐洲人 vs 原住民 - 毛利人。他們曾經發生矛盾（或許現在亦然，但沒從前般激烈），經過時間的洗禮，當中包含了人的自私，霸道到後來各方的爭取，相互間的妥協，現在歐洲裔的新西蘭人和毛利人大概可以和諧共處……

在新西蘭遇到蠻多從德國來工作假期的人，其次是日本人，也很有趣遇到一對台灣人，當然還有香港人。

我暫時沒有興趣去環遊世界。就交給命運之神引領着我。邊走邊停邊看，邊感受。我真的不知道我能否做到一個出色的地質師（是需要一些科學家的特質的）。但科學的背景卻使我從多一個角度去看世界，一個有科學因子的文人（還是一個有文藝色彩的科學人？），兩頭不到岸？

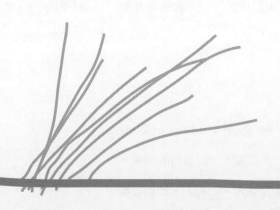

讀書，工作，拍拖

讀書是為了將來找一份好工作，有好的生活；

工作是為了賺錢生活買樓；

拍拖，結婚，生仔是為了老來有寄託，有依靠；

讀書不應只為將來找份好工，也是為興趣，讓自己「成」人；

工作不應只為賺錢，過好點的生活，也是為興趣；

拍拖，結婚，生仔不應只為令自己老來有寄託，是喜歡才一起，視孩子為愛情結晶；

或許讀書也就是為了將來有份好工作，有好的生活；

也許工作就是為了賺錢生活；

也許拍拖，結婚，生仔也就是為了老來有寄託……

生命有一種絕對（出自我的朋友，轉載於一些歌詞）……嗎？

我會變得愈來愈奇怪嗎？滿口道德倫理？喜歡唱反調？

在內蒙古的想法，在內蒙古寫的文章

資源

牧民要的是草，

我們要的是 mineral（礦物）。

　　在兩維空間上，我們要的東西在
同一個地方；在三維空間上，他們要的
在地表，我們要的在地底，但卻先要破
壞他們的地表才可得到我們想要的。這
就引起了雙方的紛爭。

　　這就是資源所引起的衝突了。

作為第一身，這是切身的感受。資源
爭奪，在這次事件中是牧民對探礦公
司。在這世界裡，其實大部份的紛爭
都是由資源爭奪引起的？因為爭奪食
物，土地，水資源而導致朋友，地方，
國家之間的口角，打架，戰爭……

　　我這次以第一身去感受，而且是
「破壞者」那方。我對「我」所造成
的破壞感到「良心有愧」（其實我一
直認為我的工作是破壞環境的）。因

為要挖掘探槽，我們要把草地掘至一米深，一米闊，總長度有幾百米；挖掘時所泛起的沙塵使本已沙化的草地再蓋上一層沙，而挖土機所行走過的草地都會某程度地被壓壞。

但以另一角度來看，放牧的牧民，通常都會超額放牧。太多的羊吃草，馬更是連根拔起地啃草，又何嘗不是破壞草場？

我不是在互相推卸責任，只是想問在資源紛爭中誰對誰錯，誰是貪婪的一方？

在內蒙古的想法

他們當然是有善，好客的。可惜的是……我們卻很容易，也時常會站在對立面上。又是探礦對牧羊。在發展的洪流中，他們變了弱勢的一群嗎？作為「大」公司，我們有沒有欺負他們不夠知識呢？但我們又是按照政府的政策作補償。那麼，政府的政策又有否向大公司傾斜？這次的平衡點是在於怎樣才能在我們探礦之餘，他們又真的願意給我們作有限度的挖掘（挖掘後我們會回填土壤，盡量恢

復草原原貌）。我真的很不喜歡和他
們站在對立面上。

在內蒙古的想法

香港，內蒙

　　從一個發達城市來到這發展中，
比較落後的地方，其實也不難看到其
落後的好處。但他們卻在努力的發展
當中，向着已發展城市這目標追趕。
只有已發展了才懂得欣賞落後的好
（當然我也享受已發展的好）；而落
後的當然會不甘於落後而不斷發展。
如果我是他們，我也會是一樣拼命地
發展。而我，來回於已發展和發展中
的地方其實是蠻幸福的，就像左右逢
源似的，享受著已發展城市的玩樂，
發展中地方的寧靜，規律……

　　發展需要資源，而地球資源有
限，難道你要很自私地享受著已發展
的成果的同時，而要求發展中地方不
要向前嗎？

　　現在的情況是發展了的繼續發
展，發展中的則快馬加鞭地發展。

　　把話題拉遠一點。發展需要消
耗地球資源。中國古時並沒有什麼重
工業，沒有什麼工業革命，如中國在
清朝的時侯不受別國入侵，可否不被
其他地方同化，快快樂樂地繼續自
我封閉（其實不一定快樂）。說不定
中國會變成一個最可以持續發展的地
方。以另一個時間的尺度來看，其實
可否說比較原始的生活因為其開發資
源的速度較慢而成為一個成功的例
子？全球一體化或許在中國受別國侵
略的時候已開始萌芽。或是大航海時
代？或者其實全球一體化根本就沒有
所謂的開始，因為它一直都發生。未
來會是宇宙一體化嗎？

背後

香港在七十至九十年代，第一產業轉型至第二產業，第三產業。很明顯香港已過了轉型的年代，現在我們最常接觸的就是服務業，鋪天蓋地的商場、商店、餐廳、銀行等。就在這發展的進程中，第一產業，如耕種；第二產業，如紡織，生產玩具，零件等的行業好像已銷聲匿跡了。

在香港，我們所得到，買到的東西很自然地陳列在我們面前。就在這物品隨手可得，在第一，二產業式微的城市裡，我們似乎缺少了什麼，就像一條鐵鏈斷了一般，找不到根。

我到了內蒙古，在比較原始的地方工作，看到的除了岩石外，見到的還有一條條活生生的食物鏈，一條條在初中科學教科書裡的食物鏈——牛吃草，人吃牛；昆蟲 (decomposer)

吃牛羊馬的糞便。除了比較科學的食物鏈，還有人類社會的供應鏈：我們吃的羊肉是從他們放牧的牲畜身上來的，我們吃的瓜子是從他們種植的太陽花的種子來的…… 這些彷彿在我的腦袋中加了很多條線，把不同的東西關連起來。每件產品背後都有著長長的故事：一件產品放在陳列架上之前的運輸，重重的加工工序，原材料的供應……一環扣一環。

居住在小城鎮中，同事問及當地污水的處理，我當然答不出。他估計是就地排放。結果不久後就聽到內蒙古附近一個新城區有關食水污染的新聞。我們對此並不感到驚訝。

從而想到：如果香港的樓宇，地面都變成透明，這將是一個怎樣的景觀：排污渠，水渠，電纜，光纖……

在內蒙古的想法

浪費

承接上文，我認為沒有以上「供應鏈」的概念，是香港人浪費的主要原因之一。所有的東西，於從前的我來說，基本上都是從天掉下來，無窮無盡的。我想對很多香港人也是這樣。

供應無窮盡的東西又那要節省，珍惜呢？我相信講一百句珍惜資源，食水，電力也是沒用的。我相信在這裏列一千個為什麼要珍惜資源的例子也是沒用的。

有用的或許是親身下下農田，看看工廠，看看這些「供應鏈」。

在香港的想法，在香港寫的文章

三個蒙古地質師

我的公司有三個蒙古國的地質師。先別說他們三人。蒙古國給我的印象是落後和窮困，之前通常都只是在樂施會助養兒童計劃聽到有關蒙古這國家的消息。

而這三個蒙古地質師？大學至碩士程度，有禮，「文明」（大陸喜歡用的詞語）。他們主要說蒙語，會俄語，有一個的英語說得不錯，有一個懂日語。我初時認識他們真的使我感到很意外。後來分別和他們單獨工作，加深了我對他們各人的了解。他們的家人都是專業人士，有校長，地質師，保安（是會功夫的）。他們的兄弟姊妹都是到外地留學，有德國，韓國，日本。

這篇文章，我並沒突出的主旨，只是純粹描述，表達一下我的意外，並拋出疑問：

- 再落後的國家都是有有錢人的，只是財富集中在一小撮人手中？

- 在落後的國家，能夠接受高等教育的人通常都是有錢人。這表示社會階層的流動性並不高？

- 我們太受固有的想法（stereotype）影響，而故有的想法往往過於以偏蓋全？

在內蒙古的想法

隆隆……

　　或許要極端一點才能看清一點。開頭是疑似飛機聲，接著是隆隆不斷的巨響，而且還逐步逼近，發現這原來是雷聲……它大約持續了十五分鐘，看著黑雲從遠方一步步的進逼，也可以看到遠方有一處特別朦朧的地方，知道那地方已下著雨了，看到頭頂的藍天白雲逐漸被黑雲取替，下雨了……這就是蒙古多變的天氣了，十多分鐘之前的「陽光普照」就這樣變了個下雨天。

以前在香港的下雨天，總會問自己究竟這場雨有沒有「邊界」，腦袋裡總是想像不到這「立體的雨帶」。現在，在遼闊的草原上就清清楚楚地看著這立體的雨帶「慢慢地」向自己逼近。

這就是在香港想像不到的「立體雨帶」，也就是天氣報告中的下雨圖像。

也記得去年在內蒙古的另一個地方時常遇到突如其來的暴雨，然後便要駕車回住處。第二天回到工作的地方，它就像變了另一個地方似的：地上多了很多幾十公分深的沖溝。沒植被保護的土地都是這樣。

照相機拍到的時候，黑雲已佔了90％了，藍天白雲被迫到老遠了。

這就是在香港想像不到的「立體雨帶」，也就是天氣報告中的下雨圖像。

　　就是這些比較極端的天氣，現象，使人感受到大自然的威力。

在內蒙古的想法

這本來是一條平路。（這也就是另外一篇文章所提及的水土流失的例子）

步步進逼

　　遠方的沙漠（註1），到中間的沙草地，到腳下的草地。上百頭牛和馬正在起勁地吃草。每天也有幾群牛馬羊經過。他們就是不停不停地吃，這是沙漠化的過程嗎？（我不是逃避責任，雖然這裡也有地質勘探所留下的痕跡，但它的影響真的相對較小）在這裡，真的有一種大敵當前的感覺，而這次的對手是沙，它們正在步步進逼。

　　一個五十九歲的村民說他十多歲的時候，遠方是沒有沙的，而中間的沙草地長了很多不同的樹，草是及膝的。我想我應該沒有誤解他的意思，他也應該不會編故事騙我吧。聽着他所說的，看着我所見的，簡直是難以想像。從很多人口中都聽到人們對內蒙古的一句描述：「風低草動見牛

羊」。朋友得知草原嚴重沙漠化的境況後把原有句子稍作改動：「風低草動見蛇蟲」。

恰巧，今年7月底我來的時候，這工人說已一個月沒下過雨了。

一個口述的個案，一個事實。沙漠化的真正原因？天災，人禍，全球暖化？值得大家去想想。

解決辦法？教育，宣傳，法例的執行，局部的植樹，全球性的減排……

半年過去……

遠方，天際下的整片沙漠。

幾群牛馬羊（小黑點）在吃草。

冬季過後，又回到內蒙古工作了，又再踏足這科爾沁沙地，又回到這主題。半年過後，再踏足這地方，又是不安的感覺：面對這麼大，一望無際的沙地，巨型的步步進逼的沙丘，不期然會嘆一句：怎樣解決呀？首先的問題是怎樣阻止沙丘不斷前進，然後再想怎樣把沙地逐步還原。但第一個問題已夠傷腦筋了。沙草的邊界可以看到曾經植樹的痕跡，但很多被「植下去」的樹似乎都生長不了；然後又想到過度放牧，監察不力，礦產勘探，然後又是城市人的荷索的問題……

不安……我不是要負責解決這問題，但就是有著被這尚待且看始很難解決的問題壓著的感覺。

一年又過去……

我又回到這裡。我不知道是我沒有以前般接近沙地，還是因為時間，我對這沙地的感覺真的已沒從前般強烈。我也不去尋找原因了。這只是一個事實。對環境的習以為常……/？

在內蒙的想法，在內蒙古寫的文章

註1：從網上的資料搜集得知，這沙地叫科爾沁沙地。

科爾沁沙地

科爾沁沙地位於內蒙古東部的西遼河中下游通遼市附近，是中國最大的沙地……原為優質草原，後迅速沙化，一部分已退化為科爾沁沙地……大風是沙地形成和發展的重要因素……科爾沁沙地原來是科爾沁草原，由於人們超載放牧，加上氣候乾旱，使得草原演變成了沙地。在嘎達梅林"抗墾"前後，科爾沁草原就"出荒"十一次。今天大部分草原都已沙化，成為科爾沁沙地，屬正在發展的沙漠化土地，以風蝕沙

地半固定狀態為主。目前科爾沁沙地正以每年 1.9% 速度在發展。有關當局者在努力使沙漠化逆轉，尚無明顯成效。……現在的科爾沁沙地，在歷史上曾是水草豐美的科爾沁大草原，但由於在清朝的放墾開荒，戰亂和建國初期 "以糧為綱" 大力發展農業的作用下，科爾沁草原下的沙土層逐漸沙化和活化，再加上氣候乾旱，使這個秀美的大草原，演變成我國正在發展中面積最大的沙地。(http://baike.baidu.com/view/228721.htm)

生於香港，生在福中不知福。這句話是真的，但這卻其實是很難避免的。生在福中，沒有苦難的對比，又怎知道自己「在福中」，而井底之蛙也不知道自己在井底。所以家長不要只顧著責備自己的孩子，上一代不要只顧著責備下一代生在福中不知福，我們需要做的是多給他們機會接觸這地球上不同地方的境況：使用文字，圖片，影像等的媒介，甚至讓他們親身經歷。我希望我的文字，圖片也能有此作用。

在內蒙古的想法，在香港寫的文章

正合時候的《狼圖騰》

買了這本書好一陣子，看了一點，然後就放下了好好一陣子，一直放在內蒙古宿舍的房間。

直至我從內蒙古較北的一個工作區移至一個較南的工作區，我才再拿起這本書。誰不知，這本書其中一些內容和我的移動路線是那麼的配合。在這情況下，我便一口氣，終於讀完這本書。

我是從接近內蒙古與蒙古邊界的東蘇旗驅車，到較接近北京的赤峰地區。這段路程正好附和著書中描述到內蒙古從北到南從牧業到半牧半農的轉變。這使我深深體會到兩個民族，蒙族和漢族生活模式之間存在著的一個光譜。在我工作的兩個區域，看到很多作者對現代內蒙古的描述：科爾沁沙地沙漠化的嚴重性：看到東蘇草原的草有「多高」，地上的沙礫眼地

暴露於人前，牧民的定居，摩托車上而不是馬背上的羊倌，僱用回來的羊倌，被鐵絲網圍著的草原；草原最怕被踏⋯⋯

這本書的確是我這個時候的良伴。感覺很奇妙，除了我踏足的地方和書中的描述的異常配合，更有一些地方正正是我到過或經過的，例如，那中華第一龍的發現地是我每天都會經過的地方，所以我也清楚知道作者提及的中華第一龍是怎麼個模樣，但我卻真的不覺它像一隻狼，作者好像想多了。

內蒙古蒙族的漢化，不同地方社會的現代化，全球化⋯⋯它們侵蝕著不同地方的獨有個性。這是一個洪流，我們可以選擇乖乖地被吞噬，也可以選擇努力捍衛自身的獨特性，這是選擇，是一場搏弈。作為香港人，我們顯然是已被吞噬（西化，現代化）的一群，在被吞噬的同時，「我們」又繼續去吞噬更弱小的族群？

在內蒙古的想法，內蒙古起的草稿，在香港寫的文章

民族

　　我在內蒙古除了被別人問我是那裡的人外，有時也會被問及我是甚麼種族。第一次遇到這問題時，第一個反應是呆了一陣子，心想：應該是漢族吧，才答：漢族。

　　生於香港，往外地旅遊出差，最多也只因香港回歸了中國才不知應該自稱中國人還是香港人。被問及種族，真的是有點怪怪的。種族這概念對我們來說還是有點距離，但於某些人來說卻是非常重要的自我身份認同啊！

在內蒙古寫的文章

之後參觀了香港歷史博物館才知道中國南方的「原居民」多是嶺南越族。所以，我的民族也有可能是嶺南越族。

之後從我的新西蘭老闆得知現今有DNA測試找出你很多代以前的「祖籍」。我的老闆住在新西蘭，但因其蘇格蘭的父系背景而被邀請做這個DNA測試，結果顯示他幾百年／幾千年前的祖先是來自土庫曼附近的。那麼，不知他算是什麼種族呢？

在內蒙古的想法，在香港寫的文章

誤闖

我帶著數碼相機，mp3；駛著四驅車闖入了農村，入侵了他們的生活。我知道他們帶有點艷羨的眼光（我當然一點也不享受），心裡希望他們不用太奢求這些東西，但同時自己卻有時也追逐著這些物質。

我曾經在公司在村中租的房子住了一個晚上，並不覺得辛苦。但回到賓館卻覺得賓館的床很舒服。

出生於不同的地方，以後生活的確可以很不同，是很很不同。我們看到他們可以學懂珍惜我們所擁有的東西，但，但他們看到我們，應該，應該給什麼反應呢？我，顯然誤闖進了他們的世界……但我仍然寄望並祝福他們享受著他們寧靜的樂土。

在內蒙古的想法

資本主義中的錢

　　我的人工是以澳元定立的，每月以港幣的形式匯到我的銀行戶口，所以我的人工會隨着澳元對美元的匯率浮動。我幹這工作接近兩年，在去年底遇上金融風暴，澳元對港元的滙率大跌然後回升，我的人工就此跟隨著滙率坐過山車。

　　也是這起起伏伏的人工使我看到，感受到並思考貨幣的相對性，金錢與物質的關係，世界金融體系運作的一小角……

　　澳元跌的時候，你可以把港幣的人工兌換回澳元，等它回升的時候才

以澳元兌換港元，如果你不做這，就只好看著你的工資不斷萎縮。我？買了一次澳元和新西蘭元去參與一下這「盛事」，但之後也沒有恆心繼續買下去了。之後賣出的價格當然是比買入的高，但是我之前的人工的確少了一截，但在心理上卻是賺了的感覺。另外，如果你居住在澳洲，澳元貶值對你的影響並不是太大（但進口貨會變貴了）。現代的金錢，加入了世界互動的因素，已不是原始時代的貨幣那麼簡單了。也由此，衍生了很多不同的交易，甚至是遠離以實物為基本的交易。

我們把金錢拿去投資，買股票，基金去賺錢。但是"賺錢" 其實並不是我們投資的目的。直至我們用這些賺到的錢去購買我們心儀的東西，例如食物，書本，最新款的數碼相機，車，樓房等，金錢才發揮它的功用。所以金錢只是換取物質的工具而已。

在物質生活的角度來說，它也是提升我們生活質素的工具。而其終極目的是帶來快樂。這或許就是金錢的意義。

也希望這「帶來快樂」的宗旨能給人們一點思考，包括投資，賺錢的心態，態度： 你應該放多少時間在投資上，在賺取金錢所得的快樂與為投資而引起的煩惱中作出平衡？也借此機會提醒自己，時刻記著這「宗旨」，因為在金錢世界裡是非常容易迷失的，人們很容易像脫了韁的野馬追逐著很多個 0 的數字。

農村

我在農村裡工作（公司租了村中的房子）。這是一個寧靜的村莊，土，石建造的房子；木枝編成的圍欄，木籃；各種的牲畜，動物⋯⋯當我們的機器停止運作的時候，聽到的是風吹樹葉的聲音，鳥的叫聲和偶爾牛羊發出的叫聲。右側的鄰居，總是來來回回，一時領著他的馬，一時牽著他的驢，有時也會騎摩托車。

左側的鄰居有兩姊弟。我尤其喜愛小弟弟，他精靈可愛，見到外國人和我們會大聲不停地喊 Hello，大概是不久之前學的英文；他聽到並看到幾公里外的火車經過，會呼喊著 Huo Che⋯⋯ Huo Che⋯⋯ 好像要和火車說話，期待著它的回應；他會和其他小朋友玩弄著一輪手推車，把手推車翻過來再原地轉圈，又會躲在廢棄的天線鑊下，玩到媽媽出來責罵他們為止。他們的童年就是如此，我每每想起這情境都會會心微笑，也羨慕他們擁有的童年（雖然我的也有很多有趣的回憶）。相信他們長大後，很有可能是離開他們的農村到城市生活，這必定會是一個令他們回味的童年。

在內蒙古的想法

悉尼

到澳洲悉尼開會，順道利用週末的時間遊覽一下。兩天的時間很短，但我又不喜歡蒼卒地走過很多地方，所以只選擇了兩三個我最有興趣的地方。計劃了第一天乘渡輪去 Manly Beach 學滑浪，和看看途中經過的 The Rocks。就在去碼頭前經過 The Rocks 和 Circular Quay 旁，分別被那裡的建築，氣氛和一些街頭表演所吸引而停下來。可惜我要乘三點鐘的渡輪，所以不能在這些地方逗留太久。對於計劃的行程，究竟你要把握時間把它們都逛光，還是逛得多少就多少呢？我選擇了後者，嘗試不去想我未逛的地方，那裡有興趣，就在那裡坐久一點，看久一點，時間到了，便離開。

人生或許如是。現階段我對很多事都有興趣，但它們各自代表不同的發展路徑，我不可能在我有限的人生當中一一作出嘗試，我要作出選擇，但選擇包含取捨；也希望自己不要總是擔憂着未知和未發生的事，「隨波逐流」一下，着眼於並享受一下當前擁有的，如幸運地遇上自己喜歡並願意花上一生時間的東西（但也有可能是遇不到的，那只好一生隨波逐流。／？）才作出堅持。

此刻：做隻遊魂野鶴，孤獨地帶著自己的靈魂到處周遊。（不一定要是到世界不同的角落，也可以在思想上周遊列國？）

在悉尼的時想法，在新西蘭寫的文章

靈魂

悉尼，於我來說是一個有靈魂的城市：

Memory is Creation Without End
Kimio Tsuchiya

This spiral of sandstone blocks embedded into the Tarpeian Way consists of relics from demolished buildings and structures such as the Pyrmont Bridge. Each piece of stone, carved by stone-masons long ago, now darkened with age, testifies to their lost function and to the loss of those old buildings in the collective memory.

Once quarried for the city's early sandstone buildings and to provide fill for the creation of Circular Quay the Tarpeian Way is now but a thin veneer of earth-covering the Sydney Harbour Tunnel.

Memory is Creation Without End symbolises the circular connection of past, present and future. In salvaging and reconfiguring the stones into this spiral unification of sculpture and landscape the artist endows them with new life, meaning and memory.

Installed: April 2000

CITY OF SYDNEY

ROYAL
BOTANIC
GARDENS
SYDNEY

sydney sculpture walk

舊物和發展需要的高樓大廈並存。在很多細節，你都可看到負責這城市規劃的人的心思：歷史的建築被保留下來作別的用途，例如商場，政府部門的辦公大樓；因發展需要而被拆卸的建築物「殘骸」被放置在一個公園作紀念；沿着悉尼海濱兩次填海前的海岸線所放置的「印記」和屹立着多不勝數紀念早期初踏這遍土地的人的雕像……

香港？我想我們並不是要照板煮碗地去跟著別人做同一件事。我們缺少了的或許就是一個靈魂。

香港上一，兩代人努力發展香港，香港已從一個小漁港，輕工業發達的城市，發展成一個國際大都會，國際金融，航運中心。期間，我們的歷史得不到重視，「過去」好像被忽略了似的。現在這穩定，已發展，多數人都受過教育的時代，我們是否要重視一下我們的「過去」呢？

我不清楚建設，規劃一個有靈魂的城市需要政府和市民參與的比率應怎樣分配。但可以肯定的是我們都須要負出。就讓我們這一代開始合力去建設一個有靈魂，可愛的城市吧。

在悉尼時的想法，在新西蘭寫的文章

CIRCULAR QUAY SHORELINE 1844

1844

幾個月後，

中環到銅鑼灣的路上看到

這樣的一個牌。

我不很清楚它是何時設置的，或許香

港正在悄悄地改變著：不管是上一

代，上兩代，還是年輕的一代，都開

始愈來愈重視本土的歷史，文化。希

望香港會變成一個更可愛的城市。

在香港時的想法，在香港寫的文章

海岸線 1890-1930 COASTLINE

來源：政府新聞處
Source : Information Services Department

前殖民政府的兵家重地
Arsenal Street / Queen's Rd

Queen's Road

鳴謝：鄭寶鴻

軍器廠街如一道分界線，隔開兩個
集繁舊到此戛然而止，承接開來是
是港英殖民政府的軍政中心，昔日
官邸雄據。街名由來的軍械廠早已
存至今，成為亞洲現存唯一英國殖
填海前，莊士敦道已是海岸（稱海
頭赴運戰地。

對此火藥味濃的地段，居民卻自有
軍器廠街、皇后大道東交界，曾有
歷史一部份的罷的呼聲，1949年
，是香港警察總部所在。

Arsenal Street, situated on the west
the congested Wan Chai from th
name, institutions for the military w
British colonial rule. Murray Barrack
(office and residence of the
all located in Admiralty. All milita
moved in the late 1970s, except
garrison left of British colonial reign

Apart from the official name, the
as Daibutsu to the locals, nan
located there. Today on Arse
Headquarters.

攝影：金嘉倫

澳洲的「沙灘文化」

留在悉尼的最後一個上午（那是星期日），我的同事駕車帶我看看悉尼不同的沙灘。之前我自己到了在悉尼北部的 Manly，他於是就驅車南下，帶我到悉尼最「出名」的 Bondi 沙灘，然後是一個非常長的沙灘，名叫 Cronulla。我們去的時間大概是早上九點，十點。我眼前所見到的沙灘，除了有長長的海岸線，一波接一波的海浪外，還有過百（？）人在海灘裡，沙灘旁。沙灘上進行著各種各樣的活動。於我們來說，去海灘通常都是去游泳，玩水上活動，曬太陽，玩沙……但他們就是把沙灘，海灘變成他們的遊樂場，除了在海灘游泳，滑浪；在沙灘旁跑步，放狗外，一些平時在草地的活動，就是硬要放在沙灘上玩：一字排開的小朋友跑到對面搶旗仔，就像爭櫈仔一樣，旗仔的數目比人數少，每輪淘汰一些小朋友，直至剩下最後一個小朋友為止。還有很多不同年齡的小朋友，有的年紀最少的就在海灘旁的泳池學游泳；有的學用滑浪板游過一波一波的海浪（又是一班小朋友一字排開，一聲令下後，便拿著滑浪板衝到海灘，攀上滑浪板翻過一波又一波的海浪）；有的在學習救生……

怪不得看下去，澳洲人好像很喜歡海灘，水上活動，原來可以說他們是在沙灘上長大的。這或許可以叫做「沙灘文化」。

在悉尼時的想法，在新西蘭寫的文章

中國農業發展之愚見

　　從悉尼飛到 Orange 的飛機上看下去，看到很多整整齊齊的牧場，每個牧場大概有一間大屋，和新西蘭近郊的牧場很相似：為甚麼和中國的農地，農村有着驚人的差距？如果你認為我的疑惑很無知，請原諒我，這的確是我當時心中的疑問或感覺。再細想想，這當然和農村人口太多有關，專業點來說是農業勞動人口過剩。還記得甚麼文章轉載過前中大校長劉遵義的說法：中國的農業／第一產業的勞動人口過剩了 80%（？）。解決農業勞動人口過剩問題的措施當然包括轉移農業勞動人口到第二產業，第三產業，農村城鎮化。

　　可是從我在內蒙所看到的，現在大部分農民都不情願作農活，當情況許可，他們會希望下一代離開農村，而他們的下一代如有能力的話，寧願

出城當農民工，也不願意留在農村。
所以我認為農業人口減少將會是一個
很自然的趨勢。農業人口過剩的問題
應該會逐漸被解決，但隨之而來的卻
是農業活動過少的問題。在這情況下
其實對農業是一個很好的轉變機會：
把個人的農田結合起來，以較多的機
器，以科學的方法去生產農作物。多
投放資源給大學，研究機構去作有系
統性的農業研究，規劃農地的利用，
向農村輸入「高技術」人口提高農業
生產力，使農業變成吸引人的產業。

　　或許，我以上所提及的措施，中
國政府一早已開始實行，卻未見其功
效。但無論如何，我對中國其中一個
最大的願境是看到農民能夠得到與他
們所付出的努力成正比的合理回報，
他們在辛勞完一天後能在舒適的家
中，享受著辛勞過後的一絲安逸。

* 我想，在社會主義制度中並不容許
大地主的重臨。合併農田的目的是更
有效率地使用土地，用機器，用科學
的方法提高生產力，而不是給予「大
地主」機會去壓榨農民，所以可能也
需要有相應的政策，有效的監察制度
去防範剝削的出現。

在新西蘭，悉尼時的想法，在新西蘭
寫的文章

營營役役

自己畢業後的第一份工作是辦公室工作。還記得那時感到自己的工作營營役役：每天上班下班，在上班繁忙時段經過異常擠擁的地下鐵隧道，koko koko 的高跟鞋腳步聲；在下班繁忙時段在「廢氣薰天」的街道上等着巴士，坐上個多小時才抵家吃飯，然後上網至大約十二點才睡覺，翌日早上起牀迎接「新」的一天。等着周末的休息時間，最大的娛樂是打籃球，和朋友聚會。這就是營營役役的日子。

之後轉換工作，心想要擺脫這些營役的日子。現在的我，於這工作過了幾個年頭，不停地遊走於香港，內蒙和新西蘭之間。回到香港，看見香港的東西也沒開始般「有感覺」；去到外地，也沒從前般「有感覺」，簡單來說，即是感悟少了。

莫非事情不斷重複的時候就是這樣。或許生活是否營役，這並不是在乎於人身在何方，做什麼工作，而是在乎於和生活的互動有多少？那麼究竟怎樣才能擺脫營營役役的生活？轉變當然能帶來衝擊，為生活添上色彩，但我們也好像不能為此而不斷尋求轉變吧。睜開自己的眼睛，打開自己的心……和日常生活周邊的瑣碎事有所互動？但太刻意這樣做又好像辛苦了自己。重覆，營役其實就是生活的基調，有時少不免要營役地過？在不是營役的時候，要做的就是享受？

少了對身邊事物的感悟（只是少了，不是沒有），或許是時候把更多注意力放在工作上了。哈哈。

在香港的想法，在香港寫的文章

真？

　　住在 Buckland Beach 附近的
motel，使我有很多機會去接觸這引
發思潮的海灘。

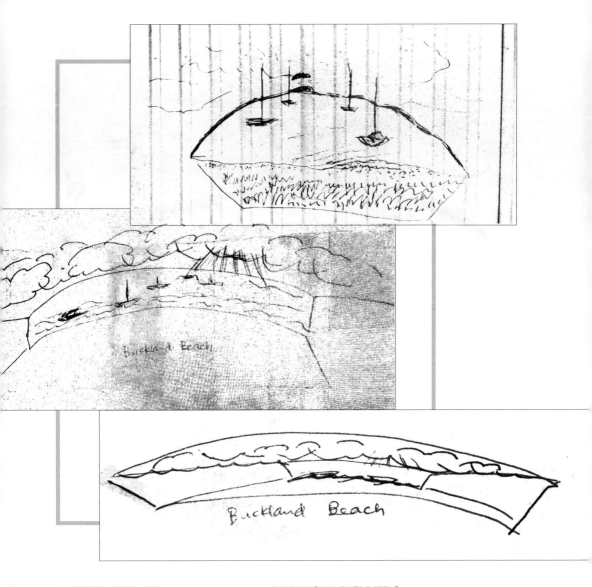

以上都是我筆下的 Buckland Beach，但總是畫不出那空間感。

四個人各執著一塊很大的正方形枱布的一隻角上下搖晃，布下是深不可測的世界。

太陽的餘霞，被染色的雲層，從遠處的一點向我散發，填滿了我的視線範圍。

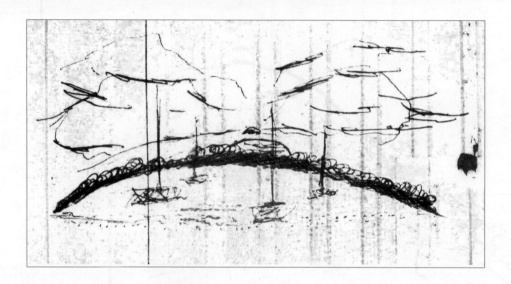

出去沿 Buckland Beach 跑步後畫的，像真一點？

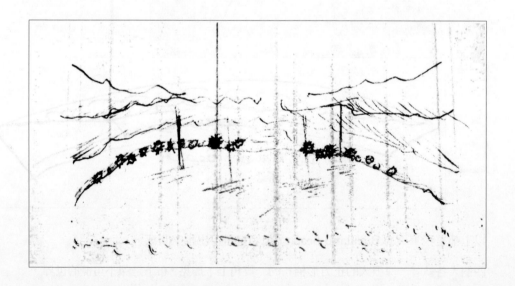

在另一次跑步後畫的，再像真一點？

沒有帶眼鏡，彼岸的燈火漸亮的黃昏 @ Buckland Beach

從眼睛看的東西原來和腦袋中想像的映像並不一樣。透過觀察，實踐（拿起筆動手畫）才能使畫的東西逐漸「像真」。

物體透過我們的眼睛被傳送到腦袋而形成影像。在腦海中，物體所處的位置和它們的實際位置看來是不同的，是嗎？那麼，我看到的是真的還是它們的實際位置是真的？我看到的景象是真的還是 Google Earth 的圖片是真的？

它們都是真的，只是形態不一？形態哪有不一？一座山仍然是一座山。眼睛看到的是真的？相機拍到的是真的？2.0/f 拍到的是真的，7.0/f 拍到的是真的？1/1000s 拍到的是真的，1s 拍到的是真的？太空衛星拍到的是真的？

只是角度不同而已？一樣東西隨著觀察者的位置，物件的位置，快門的速度，光圈的大小，眼球的構造，腦袋所想的不同而有所不同？回到問題，哪個是真的？有真假之分嗎？

在新西蘭的想法，在香港根據新西蘭起的草稿寫的文章

《蒙古草原。天氣晴》

　　這是一齣港大通識的電影。電影
簡介「蒙古社會與經濟的轉型為她（作
為主角的小女孩）的生活帶來更大的
考驗」吸引着我的眼光，我專程從上
水到老遠的港大觀看這電影。

　　意外並有點可惜，這是部非常沉
重的電影，其沉重感甚至完全蓋過了
這部電影「蒙古社會與經濟的轉型為
她的生活帶來更大的考驗」的主旨。
沉重：沒了平時常掛在臉上極其親切
的笑容。

撇開這沉重的部份，回到驅使我看這電影的主題。這電影所描述的情況原來和內蒙古都有很多相似的部分：牧民因應經濟掛帥的城市的需要而過度放牧，只養價值較高的牲畜，對原始的生態環境做成破壞；牧人除了騎馬放牧外，也用上了摩托車，牧民不喜歡自己放牧的生活，希望後代能進入城市，而住在城市的人也享受着城市的生活，厭惡以前的放牧生活。 正如我的其中一個蒙古同事：他視在暑假到牧場幫外祖父母放牧為苦差。

過度放牧，生態受到破壞，是因城市的過度荷索，牧業缺乏管理監管的結果。

勞動力不斷從第一產業向第二，三產業轉移是發展中國家在發展進程中的必經之路？她們的第一產業式微，糧食會否變得供不應求，照顧不了自己人民的需求外，還做成發達國家的糧食緊張？但作為發達地方，我們又有何理據要發展中國家為了我們的糧食供應而減慢甚至停止發展步伐？

在香港的想法，在新西蘭根據香港起的草稿寫的文章

反萬有引力定律

牛頓萬有引力定律：

$$F = G \cdot m1m2/r2$$

　　以物理的定律來說，兩件物體之間的引力和兩件物體間的距離關係是平方反比，所以當兩件物體的距離增加時，它們之間的引力會減弱。

　　人與人間的引力剛好和這定律相反。在共處的時候還好，但當距離增加，在相離的時候，那相互間的引力（牽掛／不捨？）便以 n 倍地增加。

　　上機去內蒙前，我阿哥幫我背我的背包到乘機場巴士的巴士站。他離開的十多秒後竟然折返叫我〝游水不要游太出〞。心，頓時緊了一下。

　　我的家在香港……

在香港的想法，在新西蘭根據香港起的草稿寫的文章

相對運動

　　我定定的站著，只是背後的佈景
板不停的被更換。

　　有點麻木了？身在不同的地方也
好像沒什麼特別。我的思想還是在
「平常」的狀態。好像身處於不同的
地方就是我生活的一部分。

　　究竟是我在動還是佈景板在動？
在北京的想法，北京的稿，香港寫的
文章

北京

　　去了幾次北京，這次終於能去一趟長城。到達八達嶺，看見綿延的長城，我不可以說感到非常震撼，但其宏偉之勢卻真的不是相片所能輕易表現出來的。

　　看著依山脊而建，綿延不知多少公里的萬里長城，加點想像力，沿長城放一些古代的士兵，幻想著他們來回走動，守護著城牆；又想像著蠻夷士兵架著木梯攀上長城和長城的守衛激戰著。關內，關外，中原，蠻夷，這些字眼一一浮現在腦海中，突然覺得中學的中史書變得親近了。

　　中原自古是兵家必爭之地。這遼闊的土地古時經歷過朝代的興替，近代一點則經歷過戰火的洗禮，現在總算完完整整的保存下來，希望我們中華民族能夠好好珍惜並愛護這片沃土。

在北京的想法，在香港寫的文章

我和朋友去了北京幾天，朋友先回香港，我還有大概一個星期才要到內蒙古開展工作。去蒙古（外蒙古）？留在北京？回香港家？留在北京幾天了，心在了外一點。但，家，始終是有一種引力；而外面令人好奇的世界也有其吸引力。視乎心情，看看我最終會作怎樣的選擇。

走著我「孤獨」的旅途，踏上吸引我的國度？回家？

結果，我因為北京同房的一句說話而選擇了去蒙古：「身在一個語言不通的地方是一件有趣的事。」其實也有其他一些原因：不想背着重重的東西回香港。在呼和浩特辦公室放下工作的行李，然後去蒙古再回內蒙工作是比回香港方便。但在去蒙古的路途上我是絕對有後悔和想回頭的。去蒙古，蒙古之旅，後續……

帶著家的引力向外遊走，背後有一條橡皮筋。我不是逃離，只是拉著橡皮筋走。

在北京，內蒙的想法，在北京起的草稿，在內蒙古寫的文章

北京，走的那一天，天空的色調變成了黃色。是，的確是黃色的。這應該是沙塵暴了。爸後來打電話過來說那是內蒙有史以來最大的沙塵暴，連香港也受到影響，空氣污染指數變得很高。沙竟然可以走這麼遠。另一邊廂，我乘著十小時車程的火車逆（著沙塵暴的）流而上，從北京到呼和浩特，繼續往蒙古的旅程。

在北京的想法，在香港寫的文章

蒙古國

　　到達呼和浩特，但當晚並沒有直接前往二連浩特的火車，所以買了到集寧的火車票，　然後在集寧火車站附近一間外觀可以但內裏簡陋的賓館住了一個晚上。第二天乘火車到二連浩特，又沒有當晚直接前往烏蘭巴托的火車，所以在二連浩特又住了一宵。

　　後悔踏上這個旅程的心情就在這個時候湧現。　但當然不會在這個時候回頭，　就在二連浩特這個中國與蒙古接壤的城市逛逛。這個地方最特別的地方就是商店的招牌通常都有三種文字：　中文，在內蒙古使用的傳統蒙古文字和外蒙古使用，從前蘇聯借來字母的現代蒙古文字。

我自己一個人的時候會感到孤獨

和別人一起的時候會感到不夠私人空間

或許未有找到旅遊的平衡點

第二天一早買了往烏蘭巴托的火車票。

在等待下午 5 時多的火車的時候，

在賓館小睡片刻，夢見自己回了家，

說自己很趕，只能留三個小時就要走了。

哈哈。

一個人，應該找適合自己的工作

還是應該要找自己喜歡的工作，無論這工作是否適合自己

我的回鄉證對二連浩特的關員來說是新奇的。所以應該沒有太多香港人通過這口岸去蒙古。

上了火車。每個車廂有四張床，和我同一個車廂的是兩個蒙古人，一個中國人。兩個蒙古人，其中一個在俄羅斯留學五年，會說俄文，會一點英語。另外的那個中國人曾在美國留學十二年，會說英語，當然會說普通話，但他一年前學會了蒙語，能和蒙古人簡單地溝通。親切的蒙古人。好談的中國人，喜歡探討香港人和內地人的差別，和年輕一代的想法。

算離開北京那天為第一天，我最終在第四天到達了烏蘭巴托。

到達烏蘭巴托的第一件事就是要被當地的士司機欺詐一下。美金5元到賓館（Guest house）變成美金5元一公里。原本大概2000圖的的士錢變成14000圖。

到達賓館。賓館的人很友善，宿費便宜，設備齊全。在賓館放下東西後當然要出外逛逛，在之後的幾天內，我的活動範圍就是這個城市。

出外逛逛，遇到，見到的人都給我一種文明的感覺：有文化，有禮貌，並不是我原先想像比較落後野蠻的樣子。但從建設方面看，即使是市中心，建築物都是比較舊式，而很多行人路都沒有鋪設石屎或磚。但又是那問題：先「建設」人，還是先建設建設。我？還是傾向前者。

沿著大街走，不到十分鐘，就走到市中心的蘇赫巴托廣場。這是唯一一個較現代化（建築方面）的區域，也是政府大樓，銀行，博物館的集中地。這廣場上有一個我覺得蠻有趣的景觀：政府大樓前的成吉思汗，窩闊台和忽必烈像 vs 廣場東南方一座 LV 座落在其底層的高樓大廈各自表現著源於古時征服世界的民族驕傲 vs 西方文化的入侵／全球化的趨勢。

Nike Mongolia。有些東西真是無孔不入。

　　我來這裏的其中一個原因是想嘗試身處於一個語言不通的地方。我還記得公司裡的外國人在中國的時候，他們不敢胡亂進入不同的店舖。我心裡不禁懷疑用不著這麼怕吧。但當我置身於這語言不通的國度，我自己原來也是如此。看着招牌上的蒙古文字，看看櫥窗，看不清楚，猶豫一會，然後就打消了進去的念頭。找餐廳更是一個大問題，很多餐廳都不敢入，又因為只有我自己一個人，選擇變得更少。最後，一家百貨公司的食物閣就變成我指定的用餐地點，因為那裡的食物有圖片顯示，而且份量適合一個人。但我對食物的選擇卻時常出現一點問題，致使我其實在較長的時間都處於吃不飽的狀態。有一次，我餓得真有點乏力，要到超級市場買一條朱古力能量棒來充飢。

　　在下中雪的一天，不能停留在室外太久，其中一個避難之處是有暖氣的商場。其中，走進了應該是落成不

久的 UB Department Store。這座商場的頂層仍然空置著，但卻剛好有一面落地玻璃，可以透過它遙望差不多整個城市的景觀：從近處的市中心，五，六層樓高的大廈，到遠方蠻大片扎著蒙古包的木屋區，再到作為背景的雪山。可以看到，算得上是市區的面積比木屋區要小很多。我突然也記起我的蒙古同事說過蒙古國一半的人口都住在烏蘭巴托，而火車上同行的中國先生說過木屋區都是貧窮的人住的，他們的家就是一間木屋，一個蒙古包這樣。這些人都是從牧區湧入城市的。這烏蘭巴托的全景，除了作觀賞外，卻同時暴露了蒙古國正面對着一個很嚴重的社會問題：首都烏蘭巴托未有能力安置不斷增加的人口。

在烏蘭巴托待了幾天，就乘火車回中國了。在回程的時候，因蒙古和中國的火車軌軌距不相符，火車需要換「轆」。在整個車箱被抬升，換轆，車箱歸位的過程中，所有乘客都是留在車箱中和車箱一起被抬高，放低（我因想看換轆的過程所以才下了車）。有趣！

回到中國，懷念的原來是中文字，一種很親切的感覺。也發覺中國的建設也真的不賴。同一問題：先「建設」人，還是先「建設」建設？

我希望這次蒙古之旅只是個開始，因為我真正想去的地方是她的郊區。這次也可以說只是探探路，認識一下蒙古首都的環境。不知何故，我覺得蒙古國是一個充滿希望，潛能的地方。現時很明顯是她從傳統過渡至現代的交接期。他們男男女女喜歡穿西化的衣服，但作為馬背上的民族，卻都仍非常喜歡穿長靴，有着自己的風格。這或許是很細微而且表面的事，但我卻感覺到他們是為自己的傳統，歷史自豪的民族。在此，我也祝福他們背

負著自己的傳統向前走。

在蒙古的想法，在新西蘭，香港寫的
文章

後記：

我之後去了第二次蒙古。

其實我是否對蒙古的文化著了
迷？我對蒙古似乎有一種情意結。因
為其曾經征服過世界的輝煌歷史？是
什麼原因？

從內蒙古經羅湖口岸返港。在羅
湖到上水火車站的路程上，頓時發覺
色調由內蒙古的黃色變成了綠色。心
懭神怡，幸福的香港啊！

在香港的想法，在香港寫的文章

遁序漸進地認識一個新地方

去一個地方旅遊或公幹時，我去認識它的方法是： 走路 → 跑步 → 單車（如果有單車的話）→ 乘公共交通工具／駕車。我蠻喜歡這次序，從慢到快，從看到小範圍的東西到看到大範圍的東西，從走路開始慢慢地拿到一個地方的方向感，然後向外發展。

在北京的想法，在內蒙古寫的文章

跑步＠內蒙古紅格爾，花崗岩。

跑步⑳內蒙古蘇尼特左旗，雷達？

@ Orange，Australia，-church

@ 西四北 X 條胡同，北京，胡同的工作小組。

《如果我在青年峰會》

如果我在青年峰會，我想長篇大論一番：

我想發表我對香港未來發展的意見。

1）　　希望有真正的特首普選，立法會普選，希望有政治人才可供選擇。我想選一個對香港長遠發展有自己的想法，有抱負的特首。之前看到鄭家純在明報的報道中提及功能組別應予以保留，而原因是例如商界對社會貢獻 60%，但人數卻只佔人口總體的 6%，那麼普選對他們是很不公平的。但又請問商賈財團背後的錢是從哪裡來的：地產商的就是從一世打工為供樓的打工仔身上獲取的，零售商就是從消費者身上來的。要計算貢獻，要怎麼計算才合理？另外，權力是按貢獻來分配？我們先要搞清楚分配的原則：人人平等，還是按貢獻，按力量，按身高體重……政治就是分餅，分配資源。不同的人會有不同的要求，民主就是以人人平等為原則的一種分配辦法。我們清楚明白民主制度並不是什麼靈丹妙藥，能解決所有的社會問題。但普選出來的特首，立法會議員代表著普羅大眾的取向，是一個較公平的制度。而香港人普遍的教育程度不低，有一定的判斷能力（起碼大部分人），我相信香港主流仍然會以香港利益為先，商賈財團也不要太擔心民主選舉會把香港變成一個福利社會，大家都只是想自己居住的城市愈來愈好，自己的生活也隨之變得愈來愈好罷了。我對這裡「好」的理解是公平，多元化，充滿機會，活力……

2）　　香港長遠的自我定位究竟是怎樣，在國家中應擔當什麼樣的角

色？現在政府所提倡的保住香港本身具有優勢的產業，再發展六大產業，爭取把香港納入國家十二五的規劃當中等等都是好的方向。但這些建議究竟多少是空談多少會有實際的措施配合就需要時間來證明了。而我本人對香港其中一個小小的願境就只是希望香港能更多元化，人文一點，有靈魂一點，成為一個更可愛的城市。

我離了題嗎？我知道這次青年峰會有幾個特定議題：生育問題，驗毒問題，供樓問題……但我想強調的是除了把我們視作「功能組別」般看待，關心我們的切身利益外，我們，青年還有一個很特別的意義，老土點說，我們是社會未來的棟樑，這個社會遲早都需要我們這一代去接管。政府：除了聽取我們需要什麼，也煩請聽聽我們對香港未來的想法。

在新西蘭的想法，在新西蘭起的草稿，在香港寫的文章

小店

這是一間在上水唐樓樓梯底售賣和修理鐘錶，老花眼鏡的小店（檔口）。因等待店主修理我媽媽放下的手錶而站在那裡等了大概十五分鐘。頭五至十分鐘光顧這小店的人一個接一個，幾十元買一副老花眼鏡，十五元更換一個手錶電池⋯⋯小生意，有他們自己的生存之道，為中低下階層，為老一輩的顧客服務。

現在社會變得富裕了，買手錶可以選擇有原廠代理的，眼鏡損毀了，甚至在未損毀前就買副新的，這些舊式的小店可能就只能靠一些舊顧客來維生，同時又很難再找來接班人，所以很有可能這店舖只能持續經營至店東百年歸老或退休之日。香港還有很多其他老店，小店，小舖，小檔，消失的消失了，仍然存在的也不知道能屹立多久。在發展的洪流中，大多數的老店老舖被淘汰看似是不能避免。但看着店東熟練的技巧，和老街坊多年的關係（站在旁邊的老闆娘說看着以前的顧客帶着的兒女有些已結了婚）是有趣的，是有人情味的，值得在歷史中佔一席位，故也在此記下。

在香港的想法，在香港寫的文章

旅遊的節奏

參加旅行團，無論是一天的還是多天
的，無論是什麼地方的，通常都會有
行程太倉卒的問題。如果自己單獨出
行，時間當然較充足，但有時又會有
太多閒置的時間。掌握旅遊最理想的
節奏是困難的。

在北京的想法，在香港寫的文章

錄像

微雨過後的春風吹拂於煩擾紛憂的城市
穿過我家的窗框看著算是開闊的街景
隆隆的小巴，巴士引擎聲中又原來夾雜著小鳥的吱吱聲
站在窗前，涼風輕擾著我的思緒。放下筆……

坐下。背著窗。奇想：

人，發明了菲林相機，數碼相機，攝錄機，記錄著發生在我們身邊的人或事。人，還發明了很多東西。人，自以為是的人。

人，其實只不過是一部超級相機＋攝錄機＋感覺機＝超智能訊息收集機，其背後有一群操作者。人一出生，按鈕便被啟動，以眼，耳，舌頭，鼻，皮膚，心去記錄，收集訊息，腦袋是這小電器的菲林，記憶咭，記錄這超智能訊息收集機「一生」所遇到的人和事。直至這超智能訊息收集機的電池耗盡，它的靈魂就會被收集整理。一個個靈魂，載著一段段記憶（再被操作者上載到 facebook）。

快門：1/250s

快門：0 ——— <150 年

誰是操控者？

在香港的想法，在香港寫的文章

鴉片

　　城市是人口聚居的地方，城市人需要食糧，油，鹽，米，醋，石油，煤炭，金屬，石材。城市人需要用錢向出產地 購買這些原材料。錢之所以有購買力是因為這些產地需要錢。但為何這些本可以自給自足的出產地需要錢？有了錢可以購置更多設備增加生產力？增加生產力的目標是？更多的錢？最終目的都是錢。究竟為什麼需要錢？答案很簡單，過更好的生活，有電視機，冷氣機，洗衣機，電腦，iphone，ps3 的生活。用詞可能會有點過火，但我腦海中真的不禁浮現着這個詞：鴉片……

在內蒙，香港的想法，在香港寫的文章

國家，民族

在待修的時候.
在中國內蒙古的蒙古人
和蒙古國的蒙古人
一個隔着一個的坐着,
用蒙語高興地交談着.

在鑽機待修的時候,中國內蒙古和蒙
古國的蒙古人一個隔着一個的坐着,
用蒙語高興地交談着

忽略

忽略了自己
忽略了現在

放大了別人的好
放大了未來的好，
記憶中的好

想不到未來的苦
忘記了過去的痛

簡單一句：都是活在當下，
擁抱現在。

在香港的想法，在香港寫的文章

私人空間

　　香港人多，地少，土地異常矜貴，這是不爭的事實。我的住處空間不多，要和哥哥共用一個房間。有時會抱怨空間不夠，沒有讓腦袋舒展一下的空間，但在空間已成既定的事實時，卻發覺：

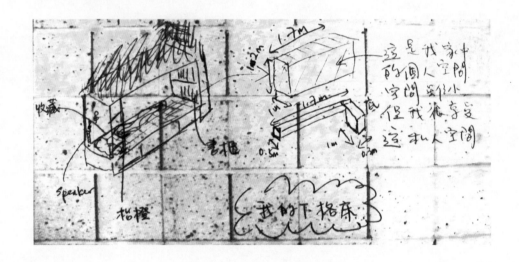

　　同時也開始喜歡住在小的空間。這也是一門藝術,要絞盡腦汁騰出空間,放的物件要有所取捨。空間不夠的時候就要清理「雜物」,清理東西的同時又會發現很多很久沒有碰過的東西。家,對我來說最重要都是有家的感覺: 擺放著自己喜歡的東西,擁有自己喜歡的格局,有自己私人的一個小角落。(當然不介意有大一點的空間)

在香港的想法,在香港寫的文章

鮮牛奶

　　今天在牧民家吃午飯，他們端出一小
鉢鮮牛奶給我們。這鮮牛奶是剛擠出
來而未經過任何處理的。來了內蒙古
幾年，這倒是第一次嚐到。

把牛奶倒入小杯，會在鉢邊粘著薄薄
的一層。仔細地看看杯中的牛奶，它
裡面有一些小塊小塊的牛乳。味道：
有點意外，是淡淡的，反倒不及「蒙
牛」的奶味，但過了一秒，舌頭卻有
點重重的奶味，但又一瞬即逝。我不
可以說我很喜歡這鮮牛奶，但卻又
「自動自覺」添了一點到自己的杯裡。
回想起，現在已說不出它的味道，腦
海僅剩「特別」二字。

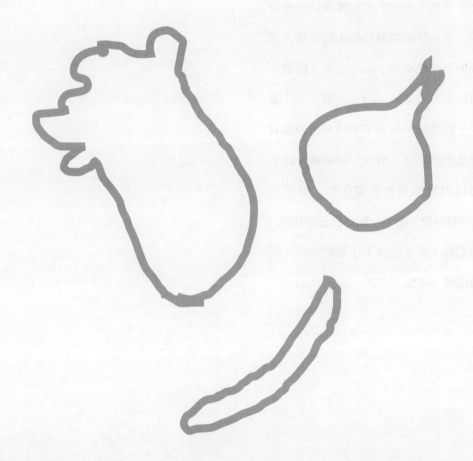

公司的新廚師

她在農村長大。

她今天看着天，說過幾天可能
會變天了。我看到的天色仍然是藍
色，雲也沒有。待在內蒙幾年了，可
知我現在是能分辨天氣的臉色的，但
我對她的說法卻心存懷疑。她續說，
「你仔細的看看，或往鎮外走一點，
你就會看得出天其實是有一點灰矇矇
的」，再仔細看，天上又真的好像有
點灰矇矇。上了山，下午的確刮起了
風，而且那片「灰矇矇」也變得愈來
愈明顯了。

她又說起她其實很喜歡農村的生活，
要不是傷了腰椎，她是不會搬到城裡
來住的。她說農村裡有院，有空地，
夏天不用買菜，全都是自給自足的。
在晚飯的時候，她說從前上學的時候
要背 24 節氣，父母又會教他們什麼
時候種什麼菜。春分，夏至……霜降
前要把莊稼都收割好，冬天前要浸泡
黃瓜，蒜，白菜……

在內蒙的想法，在內蒙寫的文章

從內蒙古回香港「途經」西藏之旅

為何沒太強烈旅遊的感覺？

因為來過這裡？還沒有到很美的地方？還是離家太久了？

還是年青的感動逐漸被吞噬？這是一件很可怕的事啊，我才二十幾歲。

_____

_____

_____

_____

_____

接連的雪山突然進入眼簾。我喜歡的雪山。

旅遊的時候，在車上，美景在眼前一瞬即逝：你會趕緊拿出你的單鏡反光機（或者普通相機）「咔嚓」一下，還是用眼睛緊盯著它，使這美景深深的壓在你的視網膜上？

前者：把美景放在照片上，成為永遠的記憶。人喜歡回憶美好的東西；但是相機所拍攝到的始終和我們所看到的有別，而照片往往也很難完全的捕捉到美景當前那一瞬的感覺。

後者：美景進入眼簾，壓在視網膜上，感覺直達心肺；較一般鏡頭廣角，眼球可以快速轉動；但人的記憶有限，這享受，這感覺，這美景可能在旅程結束的時候就被遺忘了。

前者後者，我沒有既定選擇。最好當然是叫司機停車，讓自己看過夠，影過夠，但當然事情並不是時常都這樣完美，相機？眼睛？

但引伸一點，人們為什麼不享受當前，而硬要之後去「懷舊」它呢？

西藏的文章

午夜的旺角 @ 香港

這是星期五凌晨兩點的旺角。

腦海突然浮現新西蘭，內蒙古晚上 8 點，10 點的街境。天淵之別。

這是香港。不夜城。為甚麼香港是這樣？大城市都是這樣的嗎？

在香港的想法，在香港寫的文章

誰是我們的上帝？
（這不是一條宗教問題）

　　是蘋果主席喬布斯？人人手上一部 iphone3，iphone4。我香港的朋友如是，然後其他國籍的同事也如是。在火車，地鐵，巴士上的乘客，手上就是一部 iphone，揮動一下手指，有如打著不同的手語，上上網，玩玩小遊戲……

是 facebook 創辦人 Mark Zuckerberg？周圍的人，差不多人人都有一個 facebook 戶口，當然也包括自己。有些人一天裡花很多時間在 facebook 裡遊魂，找不到突破性的新聞不罷休。當然結合了 iphone，就真的是無時無刻都能夠上 facebook。

日新月異的科技，層出不窮的新玩意，是怎樣改變著，甚至控制著我們的生活！但這些新事物當然有它們過人之處，它為我們帶來很多正面的影響：iphone 由用家研發，五花百門的應用程式都是我們生活上的一些小幫手；facebook 則給人與人的交往提供了一個新的模式。

於此，我的重點是希望人們在使用這些新東西的時候，不要完全的迷失，不妨反思一下自己的使用模式，不要成為它們的奴隸。一個小小的例子，也是引發我寫這文章的源頭： 我認為無時無刻地用 iphone 上網，「玩弄」著 iphone 是剝奪了人們發白日夢的機會，生活節奏這麼急促的香港人，生活在這資訊氾濫的社會，在回家途中的火車上，為什麼不給自己抖抖氣的機會，胡思亂想，天馬行空一下，甚或見一見周公？

在香港的想法，在香港寫的文章

香港 vs 不在香港的生活

香港的生活：

每晚都很難早睡，約了朋友出外當然會比較晚回家，但不出外也都不知何故最少要 12 時後才能上床睡覺，上上facebook，上上網……我在香港的生病比率也是較高的。

不在香港的生活：

不約而同地，我在內蒙古和在新西蘭都是不能或很少上網，尤其是上facebook。前者是因為我沒有「翻牆」，後者是因為上網的收費實在太昂貴。這樣反而使我多了很多空閒時間。在內蒙古，因為沒有星期六，日的放假天，每天都會早睡早起，在晚

上看書，靜思一會，在 10 點，11 點就去睡覺。每天就是起床，工作，一點自己靜下來的時間，有時跑跑步（有跑步機的時候會跑頻繁一點）然後就是睡覺時間。差不多日日如是。在新西蘭，生活也是差不多，多了的可能就是下班後會去買菜煮飯，週末會去玩玩滑浪風帆。

我不能就此下結論說，前者是大城市的生活，後者是比較鄉村，鄉郊的生活。因為始終我在香港長大，所有的朋友，家人都在香港，當然香港的生活會比較「多姿多彩」。但可以肯定的是香港實在有很多的娛樂，工作已經夠忙，但各式各樣的娛樂卻使我們忙上加忙。於我來說，兩種生活方式我也喜歡。喜歡香港的熱鬧，閒時可以約朋友出外，可以打籃球；但我也很享受在外地，生活比較刻板，但有多一點思考的空間。

可以說比較幸運的是我 「被迫」過著這兩種大不同的生活。我希望將來的我，如果長時間留在香港，能夠記著現在的生活，不要把自己完全沉浸於典型的大城市生活中。

在香港的想法，在香港寫的文章

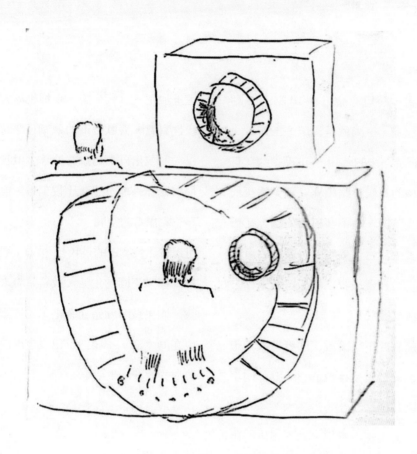

我看著老鼠，誰在看著我？

小時候

「還記得小的時候過著無憂無慮的生活，天真，活潑，很容易滿足」

小時候的片段時常在腦袋裡閃過。多美好的回憶啊！

但我也很清楚記得我小時候很想快點長大，凡事由自己作主，可以做很多自己喜歡的事情。

美好的回憶，甜入心的感覺，會心的微笑，還是我們長大後才開始領略／感受到。掛念著從前的生活，不如好好享受著這一刻回味的感覺。

在內蒙古的想法，在內蒙古寫的文章

春天

　　對內蒙古（或蒙族）來說，這是
個迎接生命的季節。

　　我的蒙族「工人」/ 朋友說春天
是牧民接羊羔的季節。說罷的幾天內
，我也真的發覺四周圍是多麼的生氣
勃勃。見著母羊旁的小羊在一攤疑似
是羊水的旁邊，在房子裡成群受特別
照顧的小羊，還有真的是第一次見的
剛出生，連駝峰也看不清的小駱駝。
在內蒙古的想法，在內蒙古寫的文章

小駱駝。

擠迫的羊

　　它們的下場將是怎樣？看到它們的都應該會心裡有數。 但這不是文章的重點。

　　只是突然想起： 在這些羊被屠宰之前，我們可否人道一點的對待它們？這卡車就是分兩層把能塞的羊群都塞進去，這些羊連轉身的餘地也沒有。

　　人道？公平？這世界仍然是個弱肉強食的世界。

在內蒙古的想法，在內蒙古寫的文章

框框

　　這個世界其實到處都是框框。時間這看來是非常基本的東西就是一個框框。它並不完全是與生俱來的。根據天體的運行週期，單是中國便有陰曆，陽曆，陰陽曆。時間，也可以說是人賦予「時間」的刻度。現在的時分秒就只不過是世界通用的一種計量方法而已。

　　框架就是人類文明發展了幾千年的產物？要跳出框架，何其困難？在說跳出框架的時候，或者要說明要跳出多少重框架？要完全跳出是沒有可能的？

在香港的想法，在香港寫的文章

下雨過後

　　在山上趕不及下山吃午飯，所以
就在牧民家吃飯。吃飯的時候突然下
大雨。這大雨並不能和香港的大雨相
提並論，但對於這乾旱的沙地來說算
是一場大雨的了，而且是一場來得快
去得快的急雨。

　　我們離開牧民家的時候，雨也停
下來了。坐著車，看到，

　　馬兒在滾地，在沙地上滾，四腳
朝天，滾了一個圈，又再滾一個圈；

　　雄馬想交配，但馬女卻起飛腳，
不知是欲拒還迎，還是沒有心情；

　　我剛閉上眼睛抖擻一下的時候，
前座就喊，「多大的水啊！」，睜開眼
睛，平時是乾涸的沖溝中竟是洶湧的
洪水流，車子然後就駛過了。要知道
那沖溝真的是差不多一年 365 天都沒
有水，那一瞬間看到的洶湧河水，到
現在還以為自己在發夢。

在內蒙古的想法，在內蒙古寫的文章

農耕

　　從小鎮到工地的道路有大型的維修工程，致使我們要繞道行駛。繞道使我更接近大遍的耕地。四月剛來的時候，這裡是一片深啡，只見光禿禿的土壤和開始在田上播種的農民；五月的時候，田開始變綠了，心情也隨之變得心曠神怡；現在是八月了，今年，對比起之前幾年，雨水的確是充沛，莊稼已高過人了，一整片的玉米「樹」，把農夫完全埋沒。一整片地，從啡變綠，再變高⋯⋯

　　不知道農民會否有相同的感覺，還是他們已年復年地習慣了？

在內蒙古的想法，在香港寫的文章

有能力的香港人

　　出來工作，接觸多了不同地方的
人，發現香港人真的是有能力：執行
能力強，效率高。這些或許是香港人
賴以自豪的東西，也是香港作為一個
世界級的金融中心，航運中心的基石。

　　可惜不足的是，原來我們（或許
只是我自己？）欠缺了想像，創造力，
容許自己犯錯的勇氣……這些都是使
社會進步的重要資產。這些都是我們
教育的過，社會環境的過，還是基因
的過？

在香港的想法，在香港寫的文章

運動

我很喜歡運動

在香港，我最主要的運動是打籃球，

其他的運動包括打乒乓球，羽毛球，跑步等。

在新西蘭，我新接觸到滑浪風帆，爬山單車，衝浪。

在澳洲：滑浪，潛水。

在蒙古：騎馬，滑雪。

每個地方都有當地流行的運動。

不知道一個地方流行的運動有否代表著她的某些特徵呢？

在香港的想法，在香港寫的文章

潛水 @ 大堡礁

本來只是玩浮潛而已。但船上的導師不斷推介潛水，即使沒有經驗的也可以嘗試。心為之一動，大堡礁呀，一生人難得的機會，就去試吧！

珊瑚沒有明信片般美麗，但是是美麗。潛水一直都會把寄望放在漂亮的珊瑚，水底生物。

意外地，這次潛水帶給我的是聲音：自己置身於一個密封的瓶子，一切靜寂……除了自己的呼吸聲。它變成了焦點。一呼，一呼。從來沒有這樣聽過自己的呼吸聲，感受到自己活着的感覺。

旅行的意義

從大堡礁回程的船上和一位居於英國的華人談起來。他說著他的旅遊經歷，到訪過的地方。他去過中國，新加坡，加拿大，美國……將會去阿拉斯加……

聽畢，很自然地問自己究竟旅行的意義是什麼。我相信許多旅人都會有著同一個問題。除了留下大量的碳痕跡，它的意義究竟在哪？周遊列國，純粹享受？增廣見聞？，然後？咆哮一句：「然後我可以為這個世界做點什麼？」

大堡礁遊後的一天，也是旅程的最後一天，我們選擇了休閒地過。躺在沙灘上，左前方來了位原住民，右前方來了個西方人，各自躺在毛巾上。世界和平，互相尊重這些字眼都浮現在腦海。

旅行其實是一種狀態，和你身處何方處其實沒有直接關係？只要你是很空閒，加一點孤獨，睜開著眼睛「看」東西，再加點魂遊太虛，就是旅行？

又回到剛才的問題，旅行過後，又怎樣呢？

在澳洲的想法，在蒙古寫的文章

夜空

西藏定日，躺在別人的田上，看著滿天星斗的夜空。

內蒙邊境紅格爾，上廁所需要離開房間。出外看見的又是滿天星斗，尤如置身於香港的太空館影像廳，被一個佈滿星辰的半球體覆蓋著自己一樣。 縱使有強烈的寒意，但也不禁駐足一會，入神地凝望著這美麗的夜空。

內蒙古烏丹近郊的一個房間，每天晚上都可以看著天空，把音樂關掉，開著的燈光也要關掉。看著夜空，「細聽」寧靜。看，這是個被月光照耀著的晚上，白色的雲，銀色的山，

我們究竟想要什麼樣的生活?

我,愛上夜空,愛上被月光照耀著的夜空。

遠方的你如果也是看著這月亮的話。

在內蒙古的想法,在內蒙古寫的文

春耕

之前寫了一篇農耕，談到了農夫收割的喜悅。又一年了，田還是啡色的，但春天

將要來臨，農夫（圖中的黑點）開始下田工作了。

在這裡的農夫是沒有選擇的一羣，可以說這是他們的命運。（我不是說耕田很慘，我只是說在此地的農夫並不是自己選擇做農夫的）

我們是有選擇的一羣，卻被選擇所羈絆。

在內蒙古的想法，在內蒙古寫的文

收穫

不自在

在人煙稀少的地方待得久了……

現在坐在擠擁的火車上，對面就
坐著一排人，我感到很不自在，雙眼
的焦點不知應該放在哪裡。

離開城市太久之故？

想＠香港，寫＠香港

感覺

他的樣子開始模糊起來，sky dive 從天上掉下來那一刻的下墮刺激感不再那麼強烈了，斷十字韌帶那一刻帶來的恐懼感開始消退了。

淡忘或許是人腦的生理特徵。各種各樣的感覺，喜，怒，哀，樂，刺激，痛，等等等等的感覺都會隨時間的消逝而被慢慢沖淡。

既然我們捉不著感覺，只好不停地尋找？

想 @ 內蒙，寫 @ 內蒙

你的心情如何？

　　內蒙四季分明，時間好像是在刻意地炫耀著他的速度。從沒有樹葉到長滿樹葉，沙塵暴的來臨，樹上的葉和地上的草從啡到青到綠……

　　地球不停地轉動，從沒有停下腳步，圍繞著我們的事情是

多變的。但夏天，秋天，冬天過後，又會是春天。　重複依然是生活的基調。心情好的時候，我們或會著眼於其多變性；心情欠佳的時候，我們或許就著眼於其重複性。

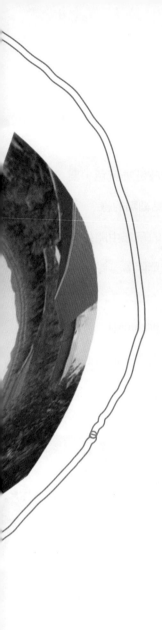

多變還是重複？

想@內蒙，寫@內蒙

變綠

這年春天的焦點放了在「變綠」
這個過程。

心情欠佳，有天突然發現眼前的
樹（葉）都變綠了，心情有突然舒展
的感覺。過了幾天卻發覺樹葉是變綠
了，但原來地上的草卻仍然是啡黃色
的。就這樣，我等待著草綠起來。

幾天過去，草依舊是啡黃色，要
很仔細的看才看到細點細點的綠。

再過幾天，啡黃的草叢中開始有
一小片一小片金黃的草圍著一點一點
綠色的草。

一天，下了一陣細綿的雨。

又一天，遠方有幾處一遍綠油油

的草，近方的草是啡黃綠的夾雜著，最高的黃，中高的有黃有綠，貼著地的是一層薄薄的綠色覆蓋著土層……

綠！！！？？？

一個月，兩個月過去，現在已經是六月中旬了，草還沒有完全綠起來，還是黃的，青的，綠的，只不過綠的比例增多了。從前不曾仔細地留意變綠的過程，真不知道這果真是一個過程。而不是「叮」一聲發生的。

可引用 " 今之隱機者，非昔之隱機者也 " 嗎？

想 @ 內蒙，寫 @ 內蒙

智力懸殊

在資本主義發展得淋漓盡致的時候，貧富懸殊就會加劇。（是嗎？）

當看著火車上回家路上的人多是低頭對著自己的智能手機的時候，不禁問：

這個充滿創意，創新，日新月異的世界，人們的智力也是否變得兩極化。一些有創新思維的人發明了一些東西，而一大堆人就餵食於這些新發明。

想 @ 香港，寫 @ 香港

焦點

又是在火車車廂裡。

一台坐著小孩的嬰兒車，

一台坐著老人的輪椅。

嬰兒車旁圍著幾個大人，

和小孩玩起來，

旁邊呆呆坐著的是一個孤獨的老人。

想 @ 香港，寫 @ 香港

徒步 @Annapurna Circuit，Nepal

　　到世界不同的知名大山作徒步旅遊的想法應該是萌芽於新西蘭的 Tongariro Crossing 之旅。三至四年過去了。尼泊爾 Annapurna Circuit 這路線是大半年前從一本旅遊雜誌中一篇「世界八大徒步路」的文章認識到的。之後一直有搜尋資料，但到安排假期，找人，找不到人，網上詢問行程到決定起行，大概花了兩個月的時間。Annapurna Circuit 是一條環繞著 Annapurna 山脈，從海拔八百到五千多米再到千多米的環型路徑。

　　第一天到達加德滿都，入住酒店，一間漂亮的酒店，時間已差不多是零晨了。啊！ 今晚是平安夜。周遭沒有人慶祝，自己又不是教徒，這就是一個平凡的日子而已。

　　日子的意義……都是人賦予的。

　　到達尼泊爾的第二天是

　　加德滿都一天遊。藏傳佛教，印度教……人生

　　買了第二幅唐卡。第一幅是七年前在西藏買的天圓地方的曼陀羅，酷愛它把三維的曼陀羅表現於平面上，喜歡它的礦物顏料，喜歡它的精細筆劃。而這次選了一幅，構圖比較簡單，畫上了宇宙的唐卡： 藏傳佛教對宇宙的印象。

印度教，在一天的旅程中，我看到的就是它們的建築。很美的木雕，在窗花，在門框……

這天很自然是聖誕節。又是平凡的一天。

然後就是從加德滿都驅車至 Annapurna Circuit 的起點 Khudi（~海拔 800 米）。經過的山區，路旁盡是人家。有趣的是時常都見到穿著整齊校服的小朋友穿梭於山路中，就好像在鳳凰山（香港），雪山（台灣）上看到穿著整齊校服的中學生，而他們的校服和香港的可以說是一模一樣的。流水潺潺的一個晚上。不解的是自從那晚洗臉以後，在之後的整個旅程中，臉的某些部位都好像粘著一些東西似的。（因為冷水？，是一種麻痺？）

第一天

Khudi→Siurung（~海拔 2000 米）

這是徒步的第一天。山路，仍然不泛人家。泥房子，乾草，莊稼，禽畜，雲母片岩……下午到達目的地的村莊。冷水洗頭，曬太陽，乾頭髮，在高處看著整個座落於一面山坡的村莊。很寧靜，但人們都各有各忙：用篩子選粟米粒，編制藤網，然後是從山中斬完柴的女人們回來，人們平靜的在村莊上的石路上穿梭著。

這裡的屋頂除了鐵皮外是板岩。

第二天

Siurung→ 不知名的村落（~海拔 1500 米）

中午在一不知名的村落吃午餐。這地方有兩個小女孩。一個長得精緻可愛，外向，一個長得比較平庸，有點害羞，但也好動。各送了她們一枝鉛筆，她們已滿心歡喜。吃過午飯後，就繼續上路了。但是提供午飯的店主說今天是他們村的節日，有慶祝活

動，並邀請我們住在他的屋裡。於是我們去看了看那慶祝活動，聽到的是大悲咒，於是我就決定留下來了。活動結束後，回到吃午飯的地方。之後分別遇上那兩個小女孩。樣貌標緻的攤開小手要朱古力，我說沒有，然後問我有沒有錢。之後，遇見另一小女孩，明顯她見到我的時候有點驚喜，有點開心。晚上，我在外乘涼的時候，她過來坐在我旁邊。很對不起，我不知道和她說什麼，反而是小女孩打開話夾子，她對我的家人，住的地方，信仰很感興趣，就這樣我們就很自然地談天說地起來了。她指給我她媽媽的家在山谷（大概幾百米深的山谷）對面的村，她有時會跟媽媽一起走過去；我又學習她們的數字的讀音，有一些音我是發不了的，引來的是一陣笑聲⋯⋯

佔據了本是人家睡的地方，主人一家去了廚房睡，所以我睡的是當地人原汁原味的寢室。簡陋的泥房子，簡潔，整齊，有木柵作門鎖之用。又是一個寧靜的晚上。

第三天

不知名的村落→Tal（~海拔1700米）

上上落落。急步上，甚至快過導遊，慢步下。結果是在差不多到終點的時候累透了，真的是累透了，腳軟，沒力氣抬腿。。到 hostel 洗了個熱水澡，但熱水忽冷忽熱。那晚發燒了，肌肉酸痛。早睡，塗了很多的肌肉按摩膏，寄望第二天可以不受影響繼續行程。

感覺 2010 年坐四驅車從西藏到雲南很走馬看花，沒有太多的時間欣賞風景。滿心想這次徒步一定可以花更多的時間欣賞風景，可是因為要留意路況，而且走得挺累，花在看風景的時間其實也不多。想的時常都是比真正發生的來得要好。

"我們最幸福" 說的是北韓因資訊受限制，人民覺得自己很幸福。他們的政府不理人民，獨攬利益，人民都在受苦。但如果尼泊爾這裡資訊不流通（沒有網絡，沒有外人打擾），人們不知道外面的花花世界，自給自足，生活應該也是幸福的：小朋友通山走，山上沒有外來的 "垃圾電話"。潮流的服飾其實對他們有多大的意義？ 那麼資訊不流通會否對這地方會來說其實是一件好事呢？

第四天

Tal→Timang（~ 海拔 2x00 米）

牙肉痛 + 少許喉嚨痛，似是生智慧齒，莫非是在尼泊爾得到智慧？

凍冰的河流，瀑布，很有動感地凝固成冰柱，所表現的是那凝固的一剎，真想把自己冰封於那停頓的瞬間。

入住旅舍。寧靜中：叮噹，叮噹……是生畜隊伍走過的聲音。是它們頸上掛著的叮噹發出的聲音。

頭幾天遠望到的 Manasulu 雪山現在看似近在咫尺了，用普通的望遠鏡能細緻地看到雪山上的冰川。

第五天

Timang→Dhikur Pokhari（~ 海拔 3185 米）

還有幾天的行程才到旅程的最高點，還有漫漫長路才完成旅程，我想念香港。

晨光第一線。

高山上的雲，和平時所見的有點不同。平時的是一團團的，高山上的是一縷縷輕煙似的。

第六天

Dhikur Pokhari→Humde（~ 海拔 3363 米）

Happy New Year， 完全沒有節日的氣氛。行了半天便能休息了，是節日禮物嗎？

遇上從俄羅斯來，獨自走這 Annapurna Circuit 的一名旅者。

第七天

Humde→Manang（～海拔3505米）

路上遇到一位西方的老年人。言談中得知他是美國人，在尼泊爾待了55年。不知是什麼把他留下來的呢？

Manang 是車路的終點。之後的都是山路了。Manang 是個比較大的鎮，它的旅舍也是在這山路上遇過最好的。也在這裡遇上很多健行者，之後一路上斷斷續續遇上的旅者都是在這裡曾經遇過的。

晚上和大顆兒一起在 Manang 的「戲院」看了 Caravan，一齣尼泊爾拍攝的電影。

第八天

Manang→Yak Kharha（～海拔4072米）

慢慢上，一步一步，要急也急不了。

一早起來，看出窗外，Gangapurna 雪山盡入眼簾，佔據了整個視野。

第九天

Yak Kharha→High Camp（～海拔4829米）

最辛苦是最後一段從原本打算留宿的 phendi 上 high camp，省一點第二天的力氣。

第一次在沒有暖氣的情況下度過了零下二十多度的環境。

要記著這夜晚。上廁所的時候，這是一個被群星環抱，被月亮照耀，映襯著雪山的夜晚。沒有拍照，就只在腦海裡面了。

明天要加油啊！

第十天

High Camp→Muktinath（～海拔 3687 米）

最辛苦的一天。早上五點多起來，天還未亮，在寒冷的天氣（前一晚的室內溫度低至 -30 度）中和大顆兒吃了早餐，然後就起程了。天色漸亮，變紅再完全天亮，周邊的雪山也清明起來。但也真的沒有太多的力氣去看風景，心裡開頭是念著藏文的六字真言，然後開始了數 1……2……　3……　4……5……6……7；2……2……3……4……5……6……7，右手行山杖，左腳踏地，左手行山杖，右腳踏地，一步一步，按著自己的節奏走著，大概數了 10 組就需要停一停。愈上當然是愈辛苦，導遊幾次問我用不用幫我拿背包（大概只是 30L），我都拒絕了。但最終，我真的不行了，行一會停一會，停的次數愈來愈密，但都回不過氣來，只好放棄一點點的堅持，給了導遊我的背包。輕鬆多了，起碼呼吸容易了。心裡仍然數著數字，一步一步的走。……看著地，又抬頭看，看到達丫口未有。看著地，又抬頭看……

到達丫口。到了，很大的風，很冷，很想和澳洲和韓國隊伍擁抱，但沒有這樣做。但心裡有一種不言而喻的感覺，總覺得我們每人都背負着一些理由上山，就是這刻，我們到了，不知大家是因何而來，但我們一起到達了一個我們心中想去的地方，做了一件我們想做的事。輕輕的擊了下掌。坐了會，就到處拍照，當然也得和那標高 5416 米的 Thorung La Pass 標誌牌來張合照。但實在是太大風了，大家都沒有逗留很久就開始下山了。下山沒有這麼喘氣，但費的是腳骨力。從 5416 米下降至 3687 米的目的地，這天真的是夠了。晚上洗了很

久沒有洗過，真真正正的熱水澡。

第十一至十五天

　　Muktinath→Martha（～海拔 2670 米 ）→Ghasa（～海拔 2131 米 ）→Tatopani（～海拔 1150 米 ）→Ghoripani（～海拔 2910 米）→Hile（～海拔 1430 米）

　　是要我忘記嗎？上了高峰過後的第一天，相機的記憶咭壞了。之前的相片，包括美麗的雪山，打開窗就看到的雪山景都可能沒了。只好牢牢記著。

　　如果上山是一生的前半，下山的這一半是人生的下半段嗎？恕我過分解讀。上半生：勞碌，為目標而生；下半生，慢下來，但仍可有第二個高峰，落到 1000 多米再上 ～3000 米看日出，路都是自己選的。

　　一路上「各站停靠 」。來來回回都碰到一起上 Thorong La Pass 的徒步者。有時幾天見不到他們，但幾天後又會在一間旅舍或路上遇上，大家都會 say hi，心裡會說加油啊，蠻有趣的。我想我們都是為著什麼原因而來的。希望大家能尋找到我們想要的東西。

　　徒步完結倒數第二天，住在村莊的一個旅舍。旅舍前是一塊在斜坡上的梯田，看著田上不同的活動真的可以看很久。

　　背境的羊咩聲，一群羊，幾隻牛，幾隻馬，乾草棚，牛棚，梯田，大石，樹木；人，趕羊，斬樹，用簍背東西下坡，構成的是一幅由清明上河圖改編而成的尼泊爾梯田圖。

第十六天

　　Hile→Pokara 最後一天的徒步。見著很多人從這邊上來，徒步比較短的路程，自己不禁昂首闊步起來： 我是從東面繞過 Thorong La Pass 過來

的。到達 Nayapul，的士在等我們，接載我們到 Pokara。這是十六天以來第一次坐車，感覺有點特別。

Annapurna Circuit trek 完結了。去的時候是本著「會當凌絕頂， 一覽眾山小」之意上山，想一掃自己之前心中積下來的一些鬱悶之氣，想尋找點東西。自己要來，途中想回家；自己要來，當回家在即時又滿心歡喜。人生就是矛盾

的，一切都是人心所造。

　　尼泊爾之旅有沉悶的地方，行呀行呀，日復日的。但是真像定律一樣，在旅程完結的兩，三個月後，自己在閒時又開始慢慢細嘗這旅程，回味著一些感覺。

　　以尼泊爾之旅作此書的終結。在尼泊爾之旅完結的時候也應該是我穿梭於內蒙，新西蘭與香港的生活終結之時。

　　我是否已經習旅行為常了？在旅途當中，有幾個晚上醒來的時候，我都問自

己身在何方，有一個晚上更以為自己
身在內蒙。旅程，旅程，旅程。人生
本是一趟旅程，旅行就只是這趟大旅
程的一小部分。誰不是旅人？

　　此行，零星的觸動，沒什麼大徹
大悟。平淡的去過自己的生活，生活
始終喜歡不經意地給你一些驚喜，

　　　　　　　無論你身在何方。

完

又是一趟旅程……

Look for the destiny of stability OR

Let the instability be the equilibrium

26/04/2013

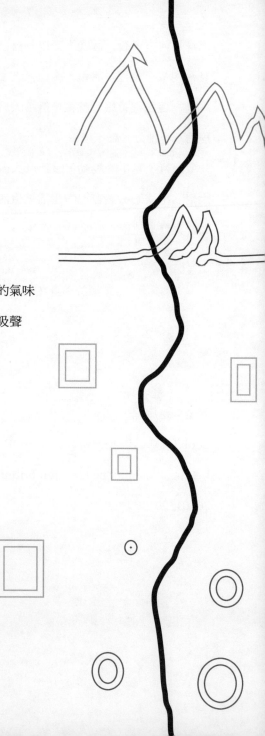

小小的遊記後感：

最深刻的氣味：阿爾山冰天雪地的環境的氣味

最深刻的聲音：潛水的時候，自己的呼吸聲

最深刻的感覺：很多

後記：回到現實

徘徊於現實和感受生活之間。

多了人攝影，寫作，
創作，旅遊……

但是不可以所有人都從事這些事。否則便沒有主體（subject）了，沒東西被寫，沒東西被拍。

要有現實的生活，喜，怒，哀，樂，悶，痛……才有文章，歌曲，畫作。那麼誰去做 subject，誰去做記錄者。

或許只是賊和警察，病人和醫生的道理，兩者並存，各自「需要」對方。

如果拋開一切一切的顧慮，是否所有人都會選擇感受生活，而不用過著現實的生活。如果可以選擇，誰都選擇做警察和醫生，而不是賊和病人？

讓我「蝕底」點過回現實的生活，被別人記錄吧！

生活旅遊 06

香港、內蒙、新西蘭，沿著路飛翔

作　　者：安山
美　　編：諶家玲
封面設計：韓曉峯 honhewfung@yahoo.com.hk
執行編輯：張加君
出 版 者：博客思出版事業網
發　　行：博客思出版事業網
地　　址：台北市中正區重慶南路1段121號8樓14
電　　話：(02)2331-1675或(02)2331-1691
傳　　真：(02)2382-6225
E—MAIL：books5w@gmail.com
網路書店：http://bookstv.com.tw/
　　　　　http://store.pchome.com.tw/yesbooks/
　　　　　博客來網路書店、博客思網路書店、華文網路書店、三民書局
總 經 銷：成信文化事業股份有限公司
劃撥戶名：蘭臺出版社 帳號：18995335
香港代理：香港聯合零售有限公司
地　　址：香港新界大蒲汀麗路36號中華商務印刷大樓
　　　　　C&C Building, #36, Ting Lai Road, Tai Po, New Territories, Hong Kong
電　　話：(852)2150-2100　傳真：(852)2356-0735
總 經 銷：廈門外圖集團有限公司
地　　址：廈門市湖裡區悅華路8號4樓
電　　話：86-592-2230177
傳　　真：86-592-5365089
出版日期：2015年10月 初版
定　　價：新臺幣350元整（平裝）
ISBN：9 978-986-5789-35-0

國家圖書館出版品預行編目資料

香港、內蒙、新西蘭，沿著路飛翔 / 安山 著 --初版--
臺北市：博客思出版事業網：2015.10

ISBN：978-986-5789-35-0（平裝）

855　　　　　　　　　　　　　　　104001874